커피 한잔
할까ii?

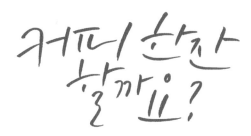

커피 한잔
할까요?

노정욱 지음

엘리

차례

제1화

God Shot

〇

"고비 사막처럼 순수하고 넓게 살라고
부모님이 직접 지어주신 이름입니다."

1. 도서관, 외부 / 낮

서울 도심의 공공도서관.
백팩을 걸쳐 메고 도서관을 나서는 20대 남성 강고비.
멍한 표정의 고비, 주머니의 핸드폰을 넣었다 뺐다 망설이며 도서
관을 빠져나간다.
이내 핸드폰을 꺼내 들고 채팅 앱을 열어 엄마에게 보낼 문자를 작
성하는 고비. 문자를 썼다 지웠다 하는 손가락 위로 이전 대화 기
록이 슬쩍 보인다.

'좋은 꿈 꾸셔요 강주무관님~'

'김칫국은… 걱정 말고 주무세요'

'엄만 걱정 같은 거 안 하는데'
'울 아들~ 다 잘될 거거든'

'떨어지면?'

'한두 번도 아닌데 뭐'

'이게 욕이야 격려야'

'^^;;'

'발표 나면 바로 연락 주기! 엄만 졸려서 이만~~'

'어 연락할게 주무세요'

그새 '엄마, 이번에도 최선을 다했다고 생각했는데 아무래도 노력
이 조금 부족했던 거 같아 그래도 이번 기회에 내가 부족했던 부분

에 대해서 제대로 알게 됐으니 그것만으로도 값진 교훈이라 생각하고 내년에는' 등등의 장황한 내용을 타이핑하다 말고 한숨을 쉬는 고비. 싹 다 지우고 다시 한 문장을 입력한다.

'떨어졌어'

전송 버튼을 누르기가 무섭게 문자 옆의 숫자 '1'이 사라지며 '엄마'라는 발신자 표시가 뜬다. 심호흡을 한 뒤 수락 버튼을 누르고 전화기를 귀에 갖다 대는 고비.

고비   엄마…… 그럼, 먹었지. (사이) 그럼, 괜찮지. 괜찮았지. 근데 지금은 괜찮지가 않네. 기분전환도 할 겸 카페 가려고.

2.   거리 / 낮

엄마와 통화를 하며 거리를 걷는 고비의 모습들이 짧게 이어진다. 주변의 풍경이 바뀌며 호젓한 주택가에 이르는 동안 점점 격앙되는 고비의 표정.

고비   사람이 왜 그렇게 부정적이야? 어떻게든 이걸로 끝을 보라고 격려를 해줘도 모자랄 판에 할 만큼 했다고 끝을 내라니. (사이) 그게 부정적인 거지 뭐야. (사이) 꿈?

뭔가 깨달음을 얻은 듯 갑자기 멈춰 서는 고비, 이내 코웃음을 치며 다시 걸음을 뗀다.

고비   이건 왜 꿈이 아닌데?

3.   2대 커피, 외부 / 낮

여전히 통화를 하며 거리를 걷고 있는 고비, 통화가 부드럽게 마무
리되는 분위기다.

고비   어, 찐한 커피 한 잔 마시고 심기일전해야지.
(사이) 그래, 어. 고마워 엄마. 다시 연락할게요. 어, 어.

특별한 목적지 없이 통화하며 마냥 걸어온 고비, 전화를 끊고 멈춰
서서 주변을 둘러본다.
눈앞 건물 1층, '2대 커피'라는 간판이 보인다.
다른 곳을 둘러봐도 카페는 보이지 않는 호젓한 주택가.
다시 핸드폰을 꺼내 지도 앱을 열고 2대 커피 별점 평을 검색해보
는 고비.

★☆☆☆☆ 단골 장사에 테이블도 적어서 자리 잡을 생각 하고 가
면 허탕 칠 수 있음
★★★☆☆ 그럼에도 전혀 동요치 않고 할 거 다 하고 주는 사장님
을 보면 천불이 솟지만 커피 맛을 보면 웃음이 나오면서 심경이 복
잡해짐
★☆☆☆☆ 점심시간 비추 테이크아웃 헬이 펼쳐져벌임
★★★★★ 최고예요
★☆☆☆☆ 호불호 없을 커피, 호불호 탈 운영방식
★★★★★ (주인장도 아랫분도 아니지만) 정작 이대 앞에 봐둔
가게는 웃돈 얹어준 업자에게 넘어가고 지금 자리에 가게를 내게
되자 간판업자만 크게 웃었다는 슬픈 도시 전설이…

궁금해졌는지 2페이지까지 눌러 별점 평을 확인하는 고비.

★★★★★ (주인장은 아니지만) 이화여대 앞에서 장사하려고 '이

대 커피'라고 간판 발주를 넣었으나 술 퍼먹고 열일한 간판업자가
가져온 간판은 '2대 커피'였다는…
★★★★★ 우연히 들러서 횡재한 기분 근데 상호가… 대를 이어
서 장사하는 곳인가요?
☆☆☆☆☆ 최고예요
★★★★★ 평조위에서 나왔습니다 힙스터는 딴데 가서 놀아라
★☆☆☆☆ = 올드하다는 말
★★★★★ 언제 가도 그대로인 곳

심상찮은 별점 평에 잠시 망설이다 길을 건너 2대 커피로 들어가
는 고비.

4.　　　　2대 커피, 내부 / 낮

바리스타가 일하는 카운터와 마주 보고 앉게 배치된 4석짜리 바
테이블.
40대 여성 김주희와 20대 여성 안미나가 각자 커피 한 잔씩 마시
며 할 일을 하고 있다.
노트북 컴퓨터를 펼쳐놓고 집중해서 글을 쓰는 주희.
노트를 펼쳐놓고 설렁설렁 낙서하듯 드로잉 중인 미나.
이들이 등지고 있는 뒤쪽 출입구로 내부를 살피며 들어올까 망설
이는 고비가 보인다.

미나　　주희쌤 촉이 오셨나 봐요.
주희　　촉을 부르는 주문, 마감.
　　　　(타이핑을 멈추고 미나를 쳐다보며) 미나씬 안 풀려?
미나　　일상다반산데요, 뭐. 마감을 쳐내서 그런가.
주희　　지금 내가 제일 부러운 사람. (그림을 보고) 뭐 그리는 거야, 박쥐?
미나　　냥이요, 요즘 요 앞에 자주 어슬렁거리는. 가원이 주려고요.

주희	아……

그때 조심스럽게 문을 열고 들어오는 고비.
문 열리는 소리에 기다렸다는 듯 동시에 뒤돌아보는 주희와 미나.

미나	(고개를 돌리며) 가원이다.

낯선 손님과 눈이 마주치자 어색하게 눈인사를 하고 고개를 돌리는 주희와 미나.

미나	(다시 고개를 돌리며 기어 들어가는 목소리로) 어서 오세요.

어색한 눈인사를 하고 가게를 두리번거리는 고비.
출입문 양옆으로 4인석 테이블 두 개와 2인석 테이블 하나가 전부인 아담한 공간.
카운터 뒤쪽에 있는 로스팅실에서 나온 50대 남성 박석, 가볍게 웃으며 카운터로 온다.

박석	어서 오세요. 드시고 가세요?
고비	네. ('오늘의 커피/과테말라 안티구아'라고 쓰인 메뉴를 보고) 오늘의 커피 한 잔 주시구요, 저 혼잔데 4인석 앉아도 되나요?
박석	그럼요. 앉아 계시면 음료는 가져다드리겠습니다.
고비	(카드를 건네며) 이용시간 제한은……
박석	8시까지 영업하니까, 그때까지겠죠? (카드와 영수증을 건네며) 와이파이 비번은 영수증 밑에 있습니다.

꾸벅 인사하고 창가에 자리를 잡은 고비, 가방에서 노트북 컴퓨터와 각종 수험서를 꺼낸다.
그때 조금 분주하게 출입구로 들어오는 10대 여성 가원.

가원	안녕하세요. 오래 기다리셨죠?
미나	(고개를 돌리고 손을 흔들며) 흔드는 게 아니라 떨리는 거.
주희	가원이 안녕. 오늘은 뭐 만들었어?
박석	(고비의 커피를 준비하며) 왔어?

주희와 미나 사이에 앉으며 들고 온 봉투를 테이블 위에 올려놓는 가원.

가원	아저씨, 저는 아이스 아메리카노 한 잔 주세요.
	(봉투를 개봉하며) 오늘은 클래식하게, 크루아상입니다.
미나	(가원에게 방금 그린 그림을 주며) 이건 내 선물.
가원	(그림을 보자마자) 얼마 전에 봤던 검둥이네! 고마워요 언니!

'내 눈만 이상한 거야?' 하는 표정으로 미나와 가원을 슥 쳐다보는 주희.

| 미나 | 시식을 해볼까요? |
| 주희 | 당 떨어진 상태라 제대로 된 품평은 모르겠고, 그냥 잘 먹겠습니다. |

왁자지껄함과는 거리가 먼, 소곤소곤 정겨운 분위기의 단골들.
단골들의 이야기를 들으며 커피를 내리던 박석, 창가에 멍하니 앉아 있는 고비를 본다.
즐거운 분위기의 단골 손님들을 흘끔 쳐다보고는 테이블 위에 놓인 참고서 더미에 시선이 멈추자 다시 표정이 어두워지는 고비, 갑자기 눈물이 핑 돈다.
부끄러웠는지 테이블 위에 엎드려 자는 척 고개를 파묻는 고비.
커피를 갖고 온 박석, 잠시 고민하다 조심스레 테이블 위에 커피를 올려두고 뒤돌아선다.

| 고비 | (고개를 파묻은 채로) 감사합니다. |

| 박석 | (살짝 당황해서) 맛있게 드세요. |

5. 2대 커피, 외부 / 늦은 오후

해가 뉘엿뉘엿 넘어가기 시작하는 늦은 오후, 2대 커피 주변의 풍경들.
군것질을 하며 지나가는 아이들.
자전거를 타고 지나가는 노인들.
동네를 어슬렁거리는 고양이들.
여기에 코 고는 소리가 얹힌다.

6. 2대 커피, 내부 / 늦은 오후

늦은 오후의 늘어진 햇살이 엎드린 고비의 몸에 닿는다.
그러다 자기 코 고는 소리에 소스라치게 놀라 벌떡 고개를 드는 고비.
민망해서 주변을 둘러보면 미나와 가원은 없고 박석과 주희만 남아 각자 일을 하고 있다.
하품을 하며 나른한 오후의 창밖 풍경을 가만히 내다보는 고비.
바람이 불며 가게 창밖으로 늘어진 나뭇잎이 하늘거린다.
구석에서 돌아가고 있는 턴테이블에서 흘러나오는 아날로그 질감의 음악.
그라인더 돌아가는 소리까지 음악에 기분 좋게 녹아든다.
잠시 뒤, 한 모금도 마시지 않고 식어버린 고비의 커피 잔 옆에 또 다른 커피 잔이 놓인다.
주문하지도 않은 커피를 한 잔 더 내주자 당황해서 박석을 쳐다보는 고비.

박석	식은 커피는 그것대로 괜찮은데 우선 따뜻한 거 먼저 드셔보시고 차이를 비교해보세요.
고비	저는 한 잔만 시켰는데……
박석	제가 드릴 수 있는 건 커피뿐이니까요.
고비	감사합니다.
박석	(크루아상이 담긴 접시를 내밀며) 그리고 이건 베이킹 공부 중인 단골 손님이 만든 건데 한번 드셔보세요. 파는 거 아니니까 부담 갖지 마시구요.
고비	죄송해서…… (돌아서는 박석에게 꾸벅 인사를 하며) 잘 먹겠습니다.

고비의 테이블 위에 놓인 두 잔의 커피와 크루아상 하나.
이제야 2대 커피의 커피를 맛보게 된 고비, 한 모금을 마신 뒤 두 눈이 번쩍 뜨인다.
바람에 나부끼는 나뭇잎이 만들어내는 소리가 생생하게 들리고, 가볍게 웃으며 대화를 나누는 주희와 박석의 모습이 꿈결인 듯 아스라하게 보인다.

7.   2대 커피, 내부 / 밤

영업 종료 뒤 정리까지 마친 박석, 나갈 채비를 한 뒤 바 테이블에 앉는다.
그리고 구석 테이블 자리를 보면 여전히 타이핑 중인 주희가 보인다.
시선을 의식하고 박석을 쳐다보는 주희.

주희	다 끝났어?
박석	나 책 보고 있으면 되니까 천천히 해.
주희	아냐, 아냐, 지금 다 됐어. 잠깐, 잠깐만. (마우스를 클릭한 뒤) 송고

	완료!
	(손으로 소주잔 넘기는 시늉을 하며) 간만에 감자탕에 소주 한잔?
박석	나야 좋지. 근데 혜지 저녁은?
주희	아, 맞다, 혜지! (바로 핸드폰을 꺼내며) 이노무 정신, 나한테 딸이 있었지.

하루 이틀도 아니라는 표정으로 씩 웃으며 주희를 가만히 쳐다보는 박석.

| 주희 | 어, 혜지야. (보이지도 않는데 눈치를 보며) 저녁 먹었어? |

시끄러운 소리가 핸드폰 밖까지 새어 나오자 핸드폰을 귀에서 조금 떼는 주희.

| 주희 | (다시 핸드폰을 귀에 대며) 미안. 아직 안 먹었으면 석이 아저씨랑 같이 감자탕 먹으려고 했지. (다시 핸드폰을 뗐다가 귀에 대며) 약 올리긴, 미안. 이따 봐. |

십년감수했다는 표정으로 전화를 끊는 주희.

박석	먹었대?
주희	어, 감자탕 먹고 싶었는데 나 연락 안 돼서 방금 먹었다고 그게 더 분하대. 내 딸이지만 보통이 아니야, 똑 부러져.
박석	신기하네. 엄마랑 딸이 동시에 감자탕이 땡겼다니.
주희	(문자 메시지를 확인하며 대수롭지 않게) 엄마랑 딸은 원래 좀 그렇지. (갑자기 인상을 구기며) 아오, 어쩜 좋아.
박석	데스크에서 벌써 피드백 왔어?
주희	얘가 아침에 '오늘은 감자탕'이라고 문자를 보냈었네. 어쩐지, 오늘 이상하게 감자탕이 땡기더라니. 봐놓고도, 이노무 정신.

| 박석 | 엄마랑 딸 사이가 원래 좀 그렇지? |

놀리듯 쳐다보는 박석, 민망한 웃음과 함께 노트북 컴퓨터를 정리하는 주희.

8.　　2대 커피, 외부 / 밤

가게 불이 꺼지고 먼저 가게를 나오는 주희, 뒤따라오는 박석.
전봇대 뒤에서 슥 나타나는 고비.

주희	어, 아까 가게 오셨던……
박석	뭐 놓고 가신 거 있으세요?
고비	아니요.
박석	그럼 무슨 일로?
고비	저, 커피를 배우고 싶습니다.

그제야 알겠다는 표정으로 서로 쳐다보는 박석과 주희.

박석	몇 군데 추천해드릴 수 있을 거 같긴 한데.
고비	아니요, 사장님께 배우고 싶습니다.
박석	보시다시피 작은 동네 가게고, 혼자 일하는 데 불편함도 없어서 직원 따로 쓸 생각은 없는데요.
주희	주인장 불편함이 없다고 손님들 불편함도 없는 건 아니지만……

혼잣말처럼 튀어나온 주희의 말에 '왜 이래?' 하는 표정으로 주희를 쳐다보는 박석.

| 고비 | 아무 생각도 없이 생떼 쓰는 거 아닙니다. 지방에서 서울 올라와 대학 다니고 공시 준비하면서 들어간 학비, 학원비, 생활비 전부 |

커피숍 알바로 벌었거든요. 제가 기여할 수 있는 부분도 분명 있을
겁니다.
주희 이쪽 일을 해봤구나. 도움이 되겠네.
박석 (다시 주희를 쳐다본 뒤 고비를 보고) 마음은 고맙지만 사양할게요.
배가 고파서 이만……

가볍게 목례를 하고 고비를 지나쳐 걸어가는 박석, 눈치를 보며 따
라가는 주희.

고비 (뒤돌아서며) 책임지셔야죠.
박석 (멈춰서 돌아서며) 뭐를요?
고비 제 인생이요.
박석 술 드셨어요? 제가 왜 오늘 처음 본 손님 인생을 책임집니까?
고비 사장님 커피를 마시고 제 인생 계획이 바뀌었거든요.
주희 (나지막이) 갓샷.
고비 인생을 바꿀 커피를 만들어주셨으면 그거 마신 사람 인생도 책임
지셔야죠.

당돌하게 들이대는 고비를 보고 허허 웃는 박석.

박석 생각만큼 그렇게 고상하고 우아한 직업이 아니에요.
지금 이 시간에 저녁 먹으러 가는 것만 봐도 감이 오시죠.
(단호하게) 하지 마세요. 책임감을 갖고 드리는 말씀입니다.

말문이 막히는 고비, 다시 인사하고 돌아서는 박석.

주희 (미나의 손 흔들기를 따라하며) 흔드는 게 아니라 떨리는 거, 배고
파서.
고비 쫓아다니면 스토킹이니까 멀리 안 나갑니다. 식사 맛있게 하세요.

꾸벅 인사하는 고비를 뒤로한 채 손을 잡고 길을 걷는 박석과 주희.

주희   청년이네, 아주.
박석   그러게.

사라지는 박석과 주희의 뒷모습을 보고는 뒤돌아 2대 커피 간판을
보고 씩 웃는 고비.

9.   감자탕 집, 내부 / 밤

전골냄비에서 보글보글 끓고 있는 감자탕.
소주잔을 기울이며 지그시 웃고 있는 박석, 그 웃음을 놓치지 않는
주희.

주희   마음에 들었네, 들었어.
박석   뭐가?
주희   아닌 척하기는, 아까 그 친구.
박석   아니, 얼떨떨해서. 나 커피 시작했을 땐 젊은 놈이 꿈도 없이 물장
       사나 하냐고 했었는데 이제는 바리스타도 꿈이 될 수 있구나 싶네.
주희   그래서 그 꿈 이뤄주려고?
박석   그건 다른 문제지.
주희   뭐가 이렇게 복잡해?
박석   (말을 돌리며) 근데, 나 혼자 일하는 게 그렇게 불만이었어?
주희   불만은 무슨, 안쓰러워서 그러지.
박석   지금까진 문제없이 잘 해왔잖아.
주희   앞으로는?
       그리고 보면 나부터 시작해서 나이 든 사람들 참 이상해.
       이놈 연봉은 얼마, 저놈 사는 집은 몇 평, 얘는 차가 몇 cc, 쟤는 인
       성이 몇 점, 죄다 숫자로 따지면서 나이만 숫자에 불과하대.

이건 나이가 중요하다는 말이야? 안 중요하다는 말이야?
(불현듯) 어? 이거 괜찮다. 이 주제로 뭐 하나 쓸 수 있겠어.

박석   마감 스트레스 풀러 와서 또 하나 얻어가네. 내가 주희씨 뮤즈였나
보다.

주희   (보지도 않고 수첩에 메모를 하며) 인정. 오늘은 내가 쏜다.
(일어나 뒤편 냉장고로 향하며) 사장님, 소주 한 병 더 가져갈게요.

황사장 (E)   고맙습니다.

메모를 하는 주희를 흐뭇하게 쳐다보다 생각에 잠기는 박석.

박석   당돌한 게 딱 요즘 애들 같긴 하더라.
근데 끝까지 깍듯한 거 보면 요즘 애들 안 같기도 하고.

주희   그냥 모른다고 해. 17년을 같이 사는 딸 생각도 모르는 사람 여깁
구만.

박석   (웃으며) 내가 꼰대라 그래.

때마침 60대 여성 황사장이 육수 주전자와 접시 하나를 들고 왔다
가 대화에 낀다.

황사장   (육수를 추가하고 접시에 담긴 떡을 냄비에 넣으며) 떡 사리는 서
비스.

주희   와, 고맙습니다.

황사장   그리고 라떼이즈홀스 금지. 젊은 손님들 싫어해.

박석   사장님까지 이러시깁니까? 저 진짜 라떼 만드는 사람인데.

황사장   일리 있네? 그럼 박사장은 1절까지만 허가!

주희   사장님은 그런 말 언제 다 배우셨어요?

황사장   옛날 얘기 하면 내가 어디 안 빠지잖아. 근데 언제부턴가 젊은 손
님들이 나보고 라떼이즈홀스라고 노래를 불러 대서 그게 무슨 말
이냐 물어봤지. 돌리고 돌려서 설명을 해주는데, '나 때는 말이야'
입에 달고 사는 늙은이들 놀리는 말이더라고.

주희	대놓고 그러냐. 듣는 사람 속상하게.
황사장	속상한 것보다 뜨끔했어. 내가 맛을 갖고 뭐라 그러면 끄떡도 안 해. 나는 내 음식에 자부심이 있거든. 그런데 맛은 있는데 할매 잔소리 때문에 여기 안 온다 그러면 그건 내가 문제다 싶더라고. 그래서 노력 중이야.
주희	(생각에 잠긴 박석을 보고) 보고 배우세요, 좀.
황사장	(웃으며) 근데 잘 안 돼. 이것도 라떼이즈홀스잖어. 그러니까 개의치들 말고 맛있게 자시라고.
주희	(주방으로 들어가는 황사장을 보고) 멋있으셔.
박석	한잔 할까?
주희	좋지. (잔을 부딪치며) 우리'때는 제일 순한 게 20도였는데 세상 순해졌어.
박석	(주희를 빤히 보며) 여기 라떼 한 분 추가요.

다시 또 민망하게 웃는 주희.

10.   2대 커피, 안팎 / 아침

이른 아침 2대 커피로 출근하는 박석.
평소와 다를 바 없이 카페 문을 여는데 뒤에서 고비의 목소리가 들린다.

고비 (E)	안녕하세요, 사장님.

화들짝 놀라 뒤를 돌아보는 박석, 해맑게 웃으며 서 있는 고비.

박석	손님으로 오신 거 아니면 돌아가세요.
고비	(문을 열고 들어가려는 박석에게) 여쭤보려던 게 있거든요.

문을 열다 말고 돌아서서 물어보라는 표정으로 쳐다보는 박석.

고비	어제 제가 마신 게 과테말라 안티구아 커피 맞죠?
박석	네. 그런데요?
고비	대중적인 원두라 알바 할 때 팔기도 많이 팔고 마시기도 많이 마셔 봤거든요. 화산지대 비옥한 토양에서 키운 원두라 스모키함의 대명사로 알려져 있고.
	근데 사장님 커피에서는 그게 잘 안 느껴지더라고요.
	오히려 은은한 단맛이 나던데 제가 제대로 맛본 게 맞나요?
박석	저도 하나 물어봅시다.
고비	네?
박석	제주도도 화산지대죠? 거기서 난 감귤에서도 스모크 향이 나요?
고비	아니요? 어? 그러고 보니 그러네.
박석	그건 떼루아의 문제가 아니라 로스팅의 문제예요.

가게로 들어가려다 추가 설명을 갈구하는 고비의 간절한 표정을 외면하지 못하는 박석.

박석	어떤 원두라도 강배전으로 태우듯이 로스팅하면 스모크 향이 나겠죠. 저는 그게 이 원두의 개성을 표현하는 최선이 아니라고 생각합니다.
	물론 취향 차이야 있겠지만…… 제대로 맛보신 거 맞아요.
고비	아, 그래서 로스팅까지 직접 하시는 거구나. 좋은 말씀 감사합니다.

꾸벅 인사하는 고비를 뒤로하고 가게로 들어오는 박석, 뭔가 흐뭇하면서도 찜찜한 표정이다.

박석	말린 건가.

11.   몽타주 1 / 아침-낮

2대 커피, 외부 / 아침
출근하는 박석과 인사하는 고비, 앞서와 비슷하게 이어지는 질의
응답.

2대 커피, 내부 / 아침
앞서와 마찬가지로 가게 안으로 들어와서야 뭔가 말린 듯한 표정
이 되는 박석.

2대 커피, 안팎 / 낮
점심러시 1. 테이크아웃 할인의 혜택을 즐기려는 근처 직장인들이
가게를 가득 메운 상황.
시계를 보며 초조해하는 직장인들과 대조적으로 세상 평온한 표정
의 박석.
주문을 받아 포스 기계에 입력을 하고, 원두를 간 뒤 에스프레소
베리에이션 음료는 음료대로, 핸드드립은 핸드드립대로, 텀블러를
갖고 온 손님들 텀블러에는 뜨거운 물을 넣어 온도를 맞추는 등 디
테일 하나 놓치지 않고 꼼꼼히 다 챙기는 모습들.
1초도 허비하지 않지만 몰려드는 주문 때문에 상대적으로 느려 보
이는 박석의 숙련된 몸짓.
밖에서 매장 안의 모습을 지켜보며 안타까워하는 고비.

2대 커피, 외부 / 낮
매장 밖에 서서 가게 안을 들여다보는 고비.
뒤에서 나타나 먼저 말을 거는 주희.

주희	여기서 뭐 해요?
고비	아, 안녕하세요. 뭐 하나 여쭤볼 게 있는데요.
주희	나한테요? 나는 커피 잘 모르는데.

고비	그날 밤 그때 뭐라고 하셨잖아요?
주희	뭐요?
고비	(갸우뚱하며) 그게, 가챠 비슷하게 들렸는데.
주희	아, 갓샷?
고비	네? 다시 한번 말씀……
주희	(갑자기 말을 끊으며) 아, 맞다! 나도 물어볼 거 있었는데.
고비	저한테요?
주희	그날 들었던 노래, 기억해요?
고비	네?
주희	코 골다 놀라서 일어났을 때, 그때 흘러나왔던 노래요.

'다 들렸던 거였구나' 하는 생각에 얼굴이 화끈거리는 고비.

주희	음악 칼럼 쓰는 사람이라 여기 음악 플레이리스트 짜주고 있거든요. 갑자기 그게 궁금하더라고.
고비	(진지하게 고민을 하며) 그게, 잘 기억이 안 나는데……
주희	아냐, 아냐, 됐어요. 리스트가 집에 있으려나……

다시 한번 말해달라는 고비 질문은 잊어버린 채 잽싸게 왔던 길로 되돌아 사라지는 주희.

12.   몽타주 2 / 낮-밤

2대 커피, 안팎 / 낮
점심러시 2. 여전히 많지만 전보다는 줄어든 테이크아웃 손님들.
무심히 커피를 내리다 좀 이상하다 싶어 가게 밖을 보는 박석.
고비가 카페로 들어오려는 손님들을 막고 순서를 정리하고 있다.
매장에서 손님이 나오는 상황에 맞춰 손님들을 들여보내는 고비.
한 번 슥 쳐다보고는 다시 덤덤하게 커피를 준비하는 박석.

2대 커피, 외부 / 낮

매장 밖에 서 있던 고비, 미나가 나타나는 걸 보고 가볍게 인사한다. 수줍은 듯 약간은 경계하며 고비의 인사에 꾸벅하는 미나.

고비   뭐 하나 여쭤볼 게 있는데요.

고비의 사연을 듣고는 바로 가방에서 노트를 꺼내 갓샷의 순간을 그림으로 설명해주는 미나.
'과테말라 안티구아'라는 타이포그래피가 사람의 형상에 주입되는 그림을 그린 뒤 머리에서 화산이 폭발하는 디테일을 추가한다. 그리고 여기에 또 다른 디테일을 추가해 완전히 다른 모습의 사람 형상이 되어 있는 그림을 완성하고는 제일 위쪽에 'God Shot – 화산의 아이'라는 제목을 쓴다.

미나   성함이 어떻게 되세요?
고비   고비입니다. 강고비.
미나   (고개를 끄덕이며) 인생은 매 순간이 고비죠.

그림 하단에 '고비님께'라는 메시지와 함께 사인을 하던 미나, 갑자기 얼음이 된다.

고비   맞아요, 그렇죠. 근데 제 이름 뜻은……
미나   (말을 끊으며) 잠깐만요.

노트를 뜯어 고비에게 주고 주섬주섬 짐을 챙겨 주희처럼 왔던 길로 돌아서는 미나.

고비   커피 안 드세요?
미나   갑자기 아이디어가 떠올라서요. 웹툰 작가라 작업은 집에서 하거든요.

고비	아, (받아 든 그림을 흔들며) 고맙습니다.
미나	아뇨, 제가 고맙습니다.

서로 꾸벅 인사하는 두 사람.
고비, 미나가 준 그림을 보고 알 듯 모를 듯한 표정이 된다.

2대 커피, 외부 / 낮
미나가 고비에게 선물한 그림을 보고 있는 가원.

가원	(그림을 보며) 창작에 영감을 주거나 삶을 뒤바꿀 만한 극적인 커피 한 잔을 갓샷이라고 하거든요.
고비	아……
가원	(갸우뚱하며) 여기 제대로 다 설명돼 있는데?
고비	(갸우뚱하며) 네?

고비에게 그림을 건네고 가게로 들어가는 가원, 다시 한번 그림을
들여다보는 고비.

2대 커피, 외부 / 밤
가게 문을 닫고 퇴근하는 박석에게 인사하는 고비.
청소 중이던 고비의 빗자루를 빼앗은 뒤 질문하지 말라고 주의 주
는 박석.

13.   몽타주 3 / 낮

2대 커피, 안팎 / 낮
점심러시 3. 고비가 나타나기 전에 비해 한결 쾌적해진 점심시간
2대 커피 내부.
이제는 가게 안팎을 오가며 손님 순서를 정리하고 메모지에 주문

까지 받아서 전달하는 고비.
텀블러를 들고 온 손님들의 텀블러마다 전화번호 네 자리와 메뉴
까지 붙여놓고 사라진다.
주의를 주려고 하면 사라지는 고비를 가만히 쳐다보는 박석.

2대 커피, 외부 / 낮
가게로 오는 가원에게 먼저 인사를 하는 고비, 무슨 일인지 고비를
슬금슬금 피하는 가원.

고비	안녕하세요.
가원	아, 안녕하세요.
고비	오늘도 몇 가지 여쭤볼 게 있는데요.
가원	또요?

2대 커피, 내부 / 낮
가게 안으로 들어온 가원, 황당하다는 표정이다.

박석	왔어?
가원	아저씨, 아저씨. 밖에 저분 정체를 알아냈어요.
박석	뭔데?
가원	물음표 살인마.
박석	물음표 살인마?
가원	궁금한 게 너무 많아. 동네 주민 구성은 어떻냐, 출산율은 높냐, 유동 인구 흐름은 좋냐, 근처 회사들 업종 업태는 다양하냐, 여기 건물주는 자수성가한 사람이냐 부모한테 물려받은 거냐, 이상한 질문이 끝도 없이 이어져요.

기가 차서 웃는 박석.

14. 2대 커피, 안팎 / 밤

영업이 끝나고 하나둘 꺼지기 시작하는 2대 커피의 실내등.
카운터 쪽 등만 꺼지지 않고 켜져 있다.
의아하게 지켜보는 고비, 잠시 뒤 박석이 밖으로 나온다.

박석   잠깐 들어와보세요.
고비   저요?

당황과 기쁨에 잽싸게 2대 커피 안으로 튀어 들어가는 고비.
포스 기계 뒤에 서서 들어오는 고비를 쳐다보는 박석.

박석   통성명이나 합시다. 박석입니다.
고비   아, 저는 강고비입니다. 제 이름의 뜻은……
박석   (말을 끊고) 고비씨, 라떼 한잔 만들어보실래요?
고비   네? 아, 라떼요. 라떼, 만들 수 있죠.
박석   (당황하는 고비를 보고) 다 갖춰놓긴 했는데 필요한 거 있으면 말씀하시고.

갑작스런 주문에 당황하면서도 예전에 해봤던 기억을 복기하며 카운터 뒤로 향하는 고비.
손부터 씻은 뒤 기물들의 위치부터 파악하는 모습을 보고 제법이라는 표정을 짓는 박석.
분쇄한 원두를 포터필터에 담아 레벨링과 탬핑을 거친 뒤 머신에 끼워 에스프레소 추출, 스팀피처에 적당량의 우유를 담아 스티밍한 우유를 추출한 에스프레소 위에 얹어 낸 뒤 간단한 라떼 아트까지 해서 박석 앞에 내놓는다.
받아 든 라떼를 마시는 박석의 모습을 보며 침을 꼴깍 삼키는 고비.

박석   커피숍 알바 오래 했다는 말이 허풍은 아니었네.

고비	(반색하며) 드실 만하세요?
박석	맛있다는 말은 아니고.
고비	(금세 위축되며) 실력 발휘가 백 프로 된 건 아니라……
박석	나도 어쩔 수 없는 옛날 사람이라 월급 주면서 가르쳐야 할 직원한 테는 말을 놓고 싶은데.
고비	네?
박석	괜찮아요?
고비	그럼?
박석	내일 8시까지 오세요. 이미 익숙하겠지만. 계약서부터 쓰고 시작합시다.
고비	정식으로 채용된 건가요? 감사합니다!
박석	이제 들어가봐요.
고비	벌려놓은 것도 있는데 정리를 하고……
박석	(단호하게 끊으며) 내일부터.
고비	아, 네, 그럼 먼저 들어가보겠습니다. 내일 뵐게요!

꾸벅 인사하고 가게를 빠져나가려는 고비에게 다시 말을 거는 박석.

박석	하나를 빼먹었네.
고비	(돌아서며) 네?
박석	고비씨 이름 뜻.

실수한 게 있나 싶어 철렁했던 고비, 이내 안도한다.

| 고비 | 고비 사막처럼 순수하고 넓게 살라고 부모님이 직접 지어주신 이름입니다. |

생각도 못 했다는 듯 '아하' 하는 표정으로 고개를 끄덕이는 박석.
다시 인사하고 가게를 빠져나가는 고비, 신이 나서 달려가는 모습이 창밖으로 보인다.

박석   (뒷정리를 하며) 고비라…… 이름 좋다.

        잠시 뒤, 카운터 쪽 불도 꺼지며 하루를 마무리하는 2대 커피의 전
        경.

제2화

고비, 고비? 고비!

●

"제가 만든 에스프레소는 출근을 부르는 맛일까요?"

15.   2대 커피, 외부 / 아침

2대 커피로 출근하는 박석, 먼저 와서 기다리고 있는 고비가 보인다.
잘 부탁한다는 듯 가게 쪽을 바라보고 꾸벅 인사하는 고비를 보고
싫지 않은 표정의 박석.
뒤돌아선 고비, 가게로 오는 박석을 보고 다시 인사한다.

고비   안녕하세요.
박석   첫 출근이네. 잘해봅시다.
고비   (박석이 내민 손을 두 손으로 잡아 악수하며) 잘 부탁드리겠습니다!

문을 열고 가게로 들어가는 두 사람.

16.   2대 커피, 내부 / 아침-낮

첫 출근 몽타주.

계약서 마지막 줄, 타이핑된 '강고비' 이름 옆에 사인을 하는 고비
의 손.
하얀 셔츠에 앞치마를 하고 근무 복장으로 나타난 고비를 보고 고
개를 끄덕이는 박석. 청소와 재료 준비 등 손님 맞을 준비를 하며
고비에게 이것저것 가르쳐주는 박석.

박석이 로스팅실로 들어간 뒤 혼자 카운터에 서 있는 고비, 아직 어색해 보인다.
출근길에 커피를 테이크아웃하려고 들른 첫 손님에게 우렁차게 인사하는 고비.

고비   어서 오세요!
첫 손님   (고비를 보고 당황해서) 사장님 바뀌셨나?

설명도 하기 전에 밖으로 나간 손님, 문밖으로 나가 간판이 그대로인지 확인한다.

첫 손님   (다시 가게 문을 열고 들어오며) 간판은 그대론데……

그제야 카운터에 함께 서 있는 박석과 고비를 보고 알겠다는 표정을 짓는 손님.

2대 커피, 내부 / 낮
점심러시. 직장인 부대가 몰려오지만 한결 여유 있게 주문을 쳐내는 두 사람.

직장인1   (핸드드립 중인 박석에게) 알바 뽑으셨어요?
박석   (웃으며) 직원입니다.
직장인2   (고비에게) 문밖에서 왔다 갔다 하시더니 그게 나름 인턴 기간이었네.
            축하드려요.
직장인1   축하드릴 일 맞아? (박석을 보고 놀리듯) 여기 사장님 여간내기가 아니신데.
고비   (웃으며) 잘 부탁드립니다. 점심때도 주저 마시고 많이들 와주세요.
직장인2   우리가 잘 부탁드려야지. 금쪽같은 점심시간인데.

나름 뿌듯해하는 고비를 슥 쳐다보는 박석.

17.　　2대 커피, 내부 / 낮

점심러시가 끝나고 순식간에 텅 비어버린 매장.

고비　　점심 드셔야죠. 샌드위치 싸왔는데 같이 드실래요?
박석　　아, 점심은 가게 부담이니까 안 싸와도 돼.

앞치마를 벗으며 고비 눈치를 살피던 박석, 핸드폰을 꺼내 보는 척
을 한다.

박석　　오늘 점심은 같이 못 먹겠네. 김선생이 갑자기 좀 보자고 그래서.
고비　　(놀라며) 무슨 일 생기셨대요?
박석　　(손사래를 치며) 아니, 아니, 뭐 그렇게 큰 문제는 아닌, 거 같고.
고비　　걱정 마시고 천천히 다녀오세요.

점심 잘 먹으라는 손짓을 하며 가게를 나서는 박석.

18.　　성곽 길 / 낮

도심이 내려다보이는 성곽 길 벤치.
혼자 앉아 있던 박석, 저쪽에서 나타나는 주희를 보고 손을 흔든다.

주희　　점심 먹자고 불러내더니 산을 타게 만드냐?
박석　　툭 트이고 좋잖아. (포장해 온 김밥을 건네며) 자.
주희　　(김밥을 받아 까먹으며 경치를 보고) 좋긴 좋다.
　　　　평일 낮에 이런 호사 누리는 기분이 어때?

박석	좋지.
주희	(미심쩍다는 듯) 그래? 근데 고비씨 첫 출근 날부터 이래도 되는 거야?
박석	뭐 어때? 이런 쪽으로는 눈치가 별로 없는 거 같더라고.

내색은 안 하면서도 뭔가 신경 쓰이는 표정의 박석.

19. 2대 커피, 내부 / 낮

테이크아웃 손님 한 명이 나가고 미나가 들어온다.

고비	(밝게 인사하며) 어서 오세요.
미나	(카운터에 혼자 서 있는 고비를 보고) 어? 아, 아…… 사장님은 안 계세요?
고비	데이트 가셨습니다.
미나	아……
고비	그래서 지금 필터커피는 안 됩니다.
미나	(바 테이블에 앉으며) 네, 그럼 저 에스프레소 한 잔 주세요.

커피를 준비하며 미나와 눈이 마주칠 때마다 어색하게 웃는 고비.
뭔가 어색했는지 슬그머니 바 테이블에서 일어나 2인용 테이블로
자리를 옮기는 미나.

Cut to: 성곽 길
성곽 길 근처를 걷고 있는 두 사람.

박석	잘하고 있겠지, 고비?
주희	어째, 좀 불안해 보이더라.
박석	그치? 아무리 커피숍 알바를 많이 해봤다고 해도……

주희	(말을 끊으며) 아니, 석이씨 말이야.
박석	(민망해하며) 나? 아냐, 아냐. 편하기만 하구만.
주희	(방향을 틀며) 갑시다.
박석	왜? 더 있다 가지.
주희	고기도 먹어본 놈이 먹는다고 여유도 즐겨본 놈이나 즐기는 거지.
박석	여유 없어 보여?
주희	여유 찾으러 가자고요. 2대 커피로.

멋쩍어하면서도 주희를 따라나서는 박석.

20.   2대 커피, 안팎 / 낮

뭔가 아리송한 표정으로 가게를 나서는 미나.

미나	(혼잣말) 어색해, 어색해.

때마침 2대 커피로 오고 있던 박석과 주희를 보고 인사하는 미나.

미나	데이트 잘하셨어요?

'다들 알고 있는데?' 하는 표정으로 박석을 쳐다보는 주희, 얼굴이 벌게지는 박석. 매장으로 들어서는 박석과 주희.

고비	(주희에게) 어서 오세요.
주희	이렇게 입으니까 그럴싸하네.
박석	점심은 먹었고?
고비	(웃으며) 그럼요.
박석	손님은?
고비	총 일곱 분 다녀가셨고요. 네 분은 사장님 안 계신다고 그냥 가셨

	고 두 분은 아메리카노, 다른 한 분은 에스프레소 주문하셨습니다.
박석	(앞치마를 걸치며) 커피 한 잔씩들 합시다.

갑자기 진지해지는 박석, 그라인더와 에스프레소 머신을 오가며 커피를 추출한다.
에스프레소 두 잔을 고비와 주희 앞에 내놓는 박석.
데미타세 잔을 들고 향을 음미한 뒤 마시는 주희와 고비.

주희	이 맛에 산다. (고비에게) 어때?
고비	꿈속에서 친구를 만난 기분?
주희	친구?
고비	싸우고 절교한 친구요.

가만히 쳐다보는 박석.

고비	쓰기만 쓰고 어떤 건 너무 셔서 얘랑은 아무래도 안 되겠다 싶었거든요.
박석	취향이라고 하늘에서 뚝 떨어지나. 갈고 닦아야지.
주희	갈고 닦는 거 너무 좋아하서. 근데 커피, 취향으로 마시는 사람이 얼마나 될까? 나한테는 잠 깨려고 마시는 노동의 동반잔데.
고비	사실, 저도.
박석	그런 거였어?

주희와 고비를 쳐다보는 박석, 오해 말라는 듯 비어 있는 데미타세 잔을 흔드는 주희.

주희	물론, 이 집 커피를 마시고 취향이 된 사람도 있겠죠?
고비	저도요.
박석	(고비를 보고) 또 싸웠어?
고비	네?

박석	친구, 다시 만났다며?
고비	아, 아니요. 놀았죠, 싸운 것도 잊고. 꽃밭에서 놀다가 과일 따 먹고. 초콜릿도 좀 나눠 먹으면서요.

잘 만든 에스프레소의 맛에 대한 적절한 비유에 제법이라는 표정을 짓는 박석.

박석	다행이네. 그럼 이제 만들어봐, 에스프레소.
고비	네? (대수롭지 않게) 네.

그라인더 앞에 섰다가 당황하는 고비, 에스프레소 머신까지 확인한 뒤 박석을 쳐다본다.

고비	저, 이게. 그라인더 메시랑 에스프레소 머신 세팅 값이 다 초기화됐는데……
주희	엥? 그게 갑자기 왜?
박석	그래서?
고비	업체에 전화를……
박석	업체에 전화를 왜? 내가 풀어놓은 건데.
고비	네?
박석	세팅부터 잡고 방금 마신 에스프레소 맛을 재현해봐. 한 시간 줄게.
주희	무슨 한식대첩도 아니고, 그새 손님들 오면 어쩌려고?
박석	(생각 못 했다는 듯) 그러네?

21.   2대 커피, 안팎 / 늦은 오후

출입문에 메모가 붙어 있다.

〈머신 고장으로 당일 필터커피만 가능합니다. 에스프레소 베리에

이션 음료(에스프레소, 아메리카노, 라떼, 카푸치노 etc.) 주문 불가. 양해 바랍니다.〉

메모를 보고 망설이는 손님 일행.

라떼손님1 라떼 마시고 싶었는데.
라떼손님2 그럼 딴 데 가자. 널린 게 커피숍인데.
라떼손님1 여기 라떼가 마시고 싶었다고!

티격태격하며 돌아서는 손님들을 보며 2대 커피 앞으로 온 가원, 메모를 본다.

가원 (문을 열고 들어서며) 안녕하세요.
주희 (바 테이블에 앉아 작업하다 고개 돌려 인사하며) 가원이 안녕.
고비 (사색이 된 상태로) 어서 오세요.

핸드드립으로 내린 커피를 테이블 손님들에게 서빙 중인 박석.
에스프레소를 추출하고 맛보고 인상을 찡그린 뒤 남은 에스프레소 버리길 반복 중인 고비.

박석 (서빙을 마치고 카운터로 돌아오며) 가원이 왔어?
가원 (에스프레소 내리는 고비를 가리키며) 머신 고장 났다면서요?
고비 (대답 없이 씩 웃기만 하는 박석을 흘끔 보고) 제가 고장입니다, 제가.
주희 (노트북에서 눈을 떼지 않은 채) 원래는 '사장과 직원: 첫 출근' 편이었는데 갑자기 '스승과 제자: 무모한 수련' 편으로 편성 변경.
가원 (그제야 이해하고) 아저씨 너무하신다. 첫 출근부터.
고비 (걱정해주는 말에 더 위기의식을 느끼며) 이제 된 거 같네요.

새롭게 추출한 에스프레소 두 잔을 내놓는 고비.

'진짜?' 하는 표정으로 고비와 데미타세 잔을 번갈아 보는 박석.
바 테이블에 놓인 데미타세 잔을 본 뒤 고비를 쳐다보는 주희와 가
원.

주희   (고비와 박석을 번갈아 보며) 마시라고? 우리보고?
고비   정확한 평가를 해주실 수 있는 분들이니까.
가원   (고비와 박석을 번갈아 보며) 어? 그럼 이건 공짜예요?

고개를 끄덕이는 박석.
향부터 음미하는 주희와 가원, 나쁘지 않다는 표정이다.
그리고 에스프레소를 맛보는 주희와 가원.

고비   (주희와 가원을 번갈아 보며) 어떠세요?
가원   (시계를 보고 대뜸) 학원 늦었다.
주희   (가원을 따라 시계를 보고) 아이고, 혜지 올 시간 됐네.

벌떡 일어나 인사도 하는 둥 마는 둥 급하게 가게를 빠져나가는 주
희와 가원.

고비   다들 바쁘신가.

고비를 쳐다보고 있던 박석, 고비가 쳐다보자 시선을 돌리고 딴청
을 피운다.

22.   2대 커피, 내부 / 밤

영업이 끝난 2대 커피.
마지막 설거지를 하는 고비, 퇴근 준비를 마친 뒤 가게 밖에서 메
모를 떼 오는 박석.

박석	그게 끝이지? 퇴근합시다.
고비	(눈치를 보다) 저, 조금 더 있다가 가도 될까요?
박석	왜?
고비	머신을 원 상태로 돌려놓겠습니다.
박석	그게 하루 이틀에 될 일인가.
고비	그렇긴 한데, 이대로 집에 가도 이거 생각만 날 거 같아서요.
박석	(뜸을 들이다가) 그렇게 해, 그럼. 문단속 잘하고, 난 먼저 들어갈게.
고비	너무 쉽게 생각했어요. 오늘 매장 손실이랑 원두는 배상하겠습니다.
박석	(다시 뜸을 들이더니 심드렁하게) 사장은 난데? 책임도 내가 지는 거고.

말하고 가게를 나서는 박석, 멍하니 뒷모습만 쳐다보는 고비.

23.   거리 / 밤

늦은 밤, 30대 여성 김지영이 상점가를 걷고 있다.
비즈니스 정장 차림으로 캐리어를 끌며 걷고 있는 지영, 피로해 보인다.
잠시 뒤 울리는 지영의 전화, 발신자 화면에 '박수진 대리'라고 뜬다.
'뭐지?' 하는 표정으로 전화를 받는 지영.

지영	어, 박대리. 입국했지. 귀가 중.
	(사이) 됐어, 누가 가도 갈 거. 근데 웬일이야, 이 늦은 밤에.
	(사이) 뭔 소리야, 말 돌리지 말고 요점만 말해. (사이) 뭐라고?
	(걷다 멈춰서) 와, 진짜 너무들 하신다. 아직 집에도 못 간 사람한테 내일 새벽 임원 회의용 보고서를 쓰라고? 곽차장 그 새끼가 시키디?

(사이) 출장 다녀온 건 난데 너가 어떻게 보고서를 써!

버럭 화를 내는데 때마침 통화 대기가 걸리며 발신자 화면에 '꽉꽉이'라는 이름이 뜬다.

지영   아오, 화상…… 아니, 박대리 말고, 곽차장. 전화 들어왔으니까 끊자.
(심호흡을 하고 안색을 바꾸며) 차장님, 덕분에 잘 다녀왔죠. 피곤하긴요.

언제 버럭 했냐는 듯 사근사근한 목소리로 통화를 하며 다시 걷기 시작하는 지영.

Cut to: 2대 커피, 외부 / 밤
화를 삭이려 중얼거리며 거리를 걷던 지영, 아직 불이 켜져 있는 2대 커피를 보고 멈춰 선다.

지영   (갸웃하며) 끝나도 이미 끝났을 시간인데?

표정이 갑자기 밝아지며 2대 커피로 향하는 지영.

24.   2대 커피, 내부 / 밤

에스프레소 연구 중인 고비의 목소리가 에스프레소 추출 과정 위로 흐른다.

고비 (E)   (추출량 조절 버튼을 누르는 손가락) 추출량 30ml.
(9를 가리키는 기압 바 눈금) 압력은 9바.
(추출시간을 알려주는 패널) 총 추출시간 30초, 물 온도는 93도.

(포터필터를 저울 위에 올리며) 포터필터는 0점을 쟀고.

그라인더 앞으로 이동해 원두를 호퍼에 붓고 분쇄 버튼을 작동시키자 '위이잉' 소리가 난다.
이후 포터필터에 분쇄 원두가 담긴다.

고비 (E) (분쇄 원두 향을 맡으며) 프래그런스는 어느 정도 잡힌 거 같으니.
(분쇄 원두가 담긴 포터필터를 다시 저울 위에 올리며) 정확히 18g을 재서.
(포터필터에 담긴 분쇄 원두의 수평을 맞추며) 다시 레벨링.
(탬퍼로 포터필터에 압력을 가하며) 탬핑.
(포터필터를 머신 그룹헤드에 끼워 넣으며) 이번엔 제발.

추출된 에스프레소가 담기는 데미타세 잔.
데미타세 잔을 든 고비, 나름 우아하게 한 모금 마시고는 잠시 무표정이 된다.
이윽고 이번에도 실패해서 분하다는 듯 소리를 안으로 먹으며 두 손을 허공에 내리치는 고비.
평정심을 되찾으려 한숨을 내쉬며 창밖을 바라보던 고비, 화들짝 놀란다.
창문에 바싹 붙어 있는 지영의 얼굴, 들어가도 되냐고 손짓을 한 뒤 문으로 향하는 지영.

고비 (카페인에 취해) 어서 오세요.
지영 그러잖아도 이 집 커피 생각이 간절했는데, 와, 진짜, 천우신조.
근데 사장님 안 계세요?
고비 (그제야 아차 하며 정신 차리고) 사장님은 퇴근하셨죠. 영업 끝났습니다.
지영 (정색하며) 지금 내리고 계신 거, 커피잖아요.
고비 (당황하며) 그렇긴 한데…… 죄송합니다.

지영	(바 테이블에 앉으며) 제가 죄송하죠. 딱 한 잔만 마시고 바로 사라질게요.
	에스프레소, 더블로. 오래 걸릴 것도 없잖아요.
고비	안 되는데……
지영	이게 있어야 오늘 밤을 버틸 수 있어서 그래요. 부탁 좀 드릴게요.

지영의 간절한 태도에 설득당하는 고비, 다시 머신 앞에 선다.

고비 (E)	(그라인더 메시를 그로사 쪽으로 돌리며) 방금 전엔 과다 추출돼서 너무 쓰고 텁텁했으니 이번엔 메시를 그로사로 돌려서, 입자를 굵게 만들어보자.

다시 추출되는 에스프레소, 그리고 지영 앞에 놓이는 데미타세 잔.
행복한 표정으로 잔을 입에 갖다 대는 지영, 지영의 반응을 예의 주시하는 고비.

지영	(음미의 시간을 거친 뒤 정색하며) 나한테 왜 이러세요?
	출세에 환장한 직장 상사 때문에 환장하겠어서 맛있는 커피 한 잔 마시고 위로받으려는 건데, 그게 그렇게 어려운 거예요?

억울함에 북받쳐 말을 쏟아내고는 자리에서 일어나 그대로 사라져버리는 지영.
아무 말도 못 한 채 고개를 푹 숙이는 고비.

25.   도심 / 아침

출근 시간대의 오피스 상권.
발걸음을 재촉하는 직장인들의 분주하고 활기찬 모습들.

26.   2대 커피, 안팎 / 아침

아침을 맞은 2대 커피 전경.
오픈 준비를 하며 멀쩡해 보이는 고비, 잠시 뒤 박석이 가게 문을
열고 들어온다.

박석   늦게 들어갔어?
고비   아뇨, 들어가시고 얼마 안 있다 퇴근했습니다.
박석   (쓰레기통에 쌓여 있는 원두 봉투를 보며) 그래?
       에스프레소 한 잔 마시고 시작하자. 내려봐.

다시 정신을 가다듬고 에스프레소를 내리는 고비, 박석이 안 볼 때
하품을 한다.
향을 음미한 뒤 에스프레소를 마시는 박석, 긴장하는 고비.
반쯤 마신 데미타세 잔을 내려놓고 전날 영업 종료 시 떼어뒀던 에
스프레소 머신 고장 안내 메모를 다시 출입문 앞에 붙이러 나가는
박석, 좌절하는 고비.
잠시 뒤, 캐주얼한 차림의 지영이 출입문에 붙은 메모를 확인하고
들어온다.

고비   (긴장하며) 어서 오세요.
박석   지영씨, 오랜만이네.
지영   요즘 너무 바빴어요.
       (고비에게) 밤새 머신 돌리더니 결국 고장 난 거예요?
고비   (박석 눈치를 보며) 아니, 그게 아니고……

밤에 뭔 일이 있었구나 싶어 지영과 고비를 번갈아 쳐다보는 박석.

지영   어제 마신 커피 값 결제도 안 하고 왔더라고요.
       사장님 에스프레소도 마실 겸 온 건데.

박석	어제 마신 건 결제 안 해도 되고, 오늘 에스프레소는 안 되겠는데.
지영	(박석이 마시던 데미타세 잔을 보며) 안 되는 게 아닌 거 같은데?
박석	(고비를 가리키며) 연구 중이라.
지영	(바 테이블에 앉으며) 잘됐네, 저도 그 연구 동참하겠습니다. 한 잔 주세요!
고비	(정색하며) 안 되겠는데요.
지영	왜요?
고비	2대 커피 자존심이 걸린 문제입니다.
지영	어제 제가 한 말에 상처받은 건 아니죠?
고비	(헛기침을 하며) 완성된 커피를 드리고 싶네요.
지영	패기 굿. 근데 피드백 없이 어떻게 완성이 돼요? 내가 그거 도와준다고요. 그쪽이 빨리 연구를 마쳐야 사장님 에스프레소도 마실 수 있을 거 아니에요.
고비	(못마땅한 듯) 출근 안 하세요?
지영	월차 낸 사람의 여유, 안 느껴지나?

때마침 지영의 핸드폰이 울린다.
화면에 표시되는 발신자 '박수진 대리'.
불길한 표정으로 전화를 받는 지영.

지영	어, 박대리. 보고서에 문제 있대?
	(점점 표정이 밝아지며) 와우, 날 새운 보람이 있구만. 좋은 소식 땡큐!
	(사이) 근데? 뭐? (사이) 뭔 소리야, 말 돌리지 말고 요점만 말해.
	(사이) 오후? 오늘? 월차 낸 사람한테 회장님 피티를 하라고?
	(사이) 사람이 무슨 기계도 아니고, 누르면 누르는 족족 나오는 보고서-피티 복합긴 줄 아나, 아주 가지가지들 하신다. 끊을게.

전화를 끊자마자 또다시 울리는 전화.
화면에 표시되는 발신자 '꽥꽥이'.

고개를 절레절레하며 전화기를 가방에 넣어버리는 지영.

지영   (고비에게) 상부상조하시죠.
고비   네?
지영   에스프레소.

지영의 기에 질려 박석을 쳐다보는 고비, 빨리 주라고 눈짓하는 박석.

27.　　에스프레소 연구 몽타주

에스프레소를 만드는 고비, 맛을 보고 품평을 하는 지영, 다른 일을 하면서도 훈수를 두는 박석의 에스프레소 연구 몽타주가 이어진다.

〈몽타주 1〉
지영   (데미타세 잔을 입에서 떼며) 이게 숭늉이야, 커피야.
        너무 밍밍하네.
박석   (그라인더 메시를 조정하려는 고비에게) 분쇄 원두 양 제대로 잰
        거 맞아?
고비   (당황해서) 앞에 18g으로 재서 내린 거랑 레벨링을 맞췄는데……
박석   분쇄도를 바꿨잖아. 방금 담은 거랑 똑같이 담아서 저울에 올려봐.

16g을 가리키는 저울을 보고 당황하는 고비.

박석   눈을 믿으면 안 돼.

〈몽타주 2〉
지영   이건 맛이 좀, 짜다?

고비	(당황해서) 짜다고요? 손님 입맛이 좀.
박석	과소 추출. 지영씨가 제대로 맛본 거야.
고비	추출시간 30초 정확하게 지켰는데?
박석	조건이 바뀌면 정확의 기준도 바뀌는 거지. 25초여도 상관없어. 눈으로 줄기를 직접 보라고.
고비	눈을 믿지 말라면서요?

〈몽타주 3〉

지영	써요, 그냥. 텁텁하고.
고비	(당황해서) 원두 분쇄도를 더 굵게 바꿨는데 쓰다고요?
박석	그라인더 메시 조정하기 전에 도저 토출구 청소했어?
고비	네? 아니요?
박석	전에 얇게 분쇄한 원두 입자가 섞여 들어갔겠네. 두 잔 정도 버릴 각오를 하거나, 아님 섞여 들어간 원두까지 감안해서 추출시간을 조정하든가.

〈몽타주 4〉

여유 있게, 하지만 끝없이 이어지는 박석의 지적.
당황하면서도 지치지 않고 계속 세팅을 바꾸며 커피를 만들어내는 고비.
계속 커피 잔을 비워내면서 점점 카페인에 취하는 지영.

28. 2대 커피, 내부 / 아침

순식간에 쌓여버린 데미타세 잔.

지영	(혼잣말) 에스프레소 한 잔 만들기가 이렇게 어려운 거였나.
고비	저도요, 그냥 버튼만 누르면 나오는 건 줄 알았는데.
박석	버튼만 누르면 나오는 거 맞아.

버튼 누르기 전까지의 수많은 노력들이 가려지는 게 아쉬워서 그렇지.

지영   (멍하니 머신을 보고 있다가 갑자기 울컥하며) 내가 쟤고, 쟤가 나였어.

고비   (머신 앞에 서 있던 자기를 말하는 줄 알고) 저요?

고개를 갸웃하면서도 다시 내린 에스프레소 한 잔을 지영 앞에 내놓는 고비.

고비   이번엔 좀 다를 거 같습니다.

미동도 없이 생각에 잠겨 있던 지영, 짐을 챙겨 자리에서 일어난다.

고비   (당황해서) 어디 가세요?
지영   회사요.
고비   오늘 월차라고……

대꾸도 없이 출입구로 향하던 지영, 돌아서서 인사를 한다.

지영   감사합니다.
고비   마지막 에스프레소, 괜찮으셨던 거예요?
지영   아니요, 그쪽 말고 사장님.
        (박석을 향해 꾸벅 고개를 숙이며) 위로받고 가요.

의아한 듯 박석을 쳐다보는 고비, 알면서도 모른 척하는 박석.
카운터에 선 채 가게 밖으로 빠져나가는 지영을 쳐다보는 두 사람.

고비   제가 만든 에스프레소는 출근을 부르는 맛일까요?
박석   너도 기여를 한 거야.
고비   네?

박석	힘든 상황 알아주는 사람이 있다는 것만으로도 힘이 될 때가 있거든.
고비	아……
박석	(대수롭지 않게) 아님, 카페인에 취한 걸 수도 있고.

지영이 마시지 않고 간 데미타세 잔을 내려다보던 박석, 이내 잔을 들어 맛을 본다.
이제는 더 이상 기대가 없는, 무념무상의 고비.
반쯤 마신 잔을 내려놓고는 가게 밖으로 나가는 박석, 머신 고장 메모를 떼어 들어온다.

고비	어, 어? 괜찮으셨던 거예요?
박석	팔 수는 있겠어.
고비	그 말씀은?
박석	팔 수 있는 거랑 좋은 건 다르니까. 점심러시 준비하자.
고비	네!

묵묵히 카운터를 정리하는 박석.
쌓인 설거지를 하는 고비, 박한 평가에도 조금씩 나아지고 있다는 사실에 뿌듯해 보인다.

29.   2대 커피, 외부 / 낮

점심시간, 활기가 넘치는 동네 분위기.
삼삼오오 수다를 떨며 2대 커피로 몰려드는 직장인들의 모습들.

제3화

카페 볼드모트

◗

"여기가 또 다른 코끼리 집이라는 걸 알려주신 분인데요,
제가 감사하죠."

30.   카페 몽타주

번화한 거리를 신중하게 훑는 누군가의 시점. 그 위에 30대 남성
성민의 목소리가 얹힌다.

성민 (E)   나는 그렇게 까다로운 사람이 아니다.
카페 고를 때도 마찬가지.

건물 한 채를 쓰는 대형 프랜차이즈 커피숍을 올려다보는 시점.

성민 (E)   너무 큰 곳은 일단 제외. (물개박수 치면서 웃고 떠드는 단체 손님
들) 단체 손님이 많고, 그러면 시끄러울 가능성이 크니까.

유니폼을 입고 카운터에서 밝게 웃으며 손님을 맞는 직원의 모습.

성민 (E)   직원의 친절은 카페 호감도를 높인다. (과도하게 친절한 직원 앞에
서 주춤 물러나는 시점) 너무 친절하면 불편하고.

찬바람이 뿜어져 나오는 시스템 에어컨의 모습, 날개가 열려 있다.

성민 (E)   실내 온도는 겉옷을 벗고 5분이 지났을 때 덥지도 춥지도 않아야
한다.
추워서 그러는데 에어컨 좀 꺼주실 수 있을까요? (날개가 접히는

에어컨)
더워서 그러는데 에어컨 좀 켜주실 수 있을까요? (날개가 펴지는
에어컨)

카페 천장에 달린 스피커의 모습들.

성민 (E)   음악은 귀를 기울이면 들리되 작업을 방해할 정도로 크면 안 된다.
(비트 강한 음악에 가리는 성민의 목소리) 볼륨이 좀 큰 거 아닌가
요?

스피커점원   (안 들린다는 점원의 표정) 네?

성민 (E)   (정적 속 소곤거리는) 옆자리 대화가 다 들려서 집중이 안 되는데
음악 소리 좀 키워주실 수 있을까요?

스피커점원   (안 들린다는 점원의 표정) 네?
(옆에 서 있던 매니저를 보며) 매니저님……

가만히 쳐다보고 있던 카페 매니저, 슥 보더니 되묻지도 않고 알아
서 음악 볼륨을 키운다.

매니저   (무슨 상황이냐는 표정의 점원에게 작게) 유명인사셔, 카페 빌런.
('아, 그 사람?' 하는 표정의 점원에게) 해달라는 대로 해드려.

건물 외부에 있는 남녀 공용 화장실의 모습.

성민 (E)   화장실은 매장 내부에, 여성과 남성용이 따로 분리돼 있어야 하며,

햇살이 들어오는 카페 창가의 모습.

성민 (E)   가끔 멍하니 밖을 내다볼 수 있는 창가 자리가 있어야 하지만
(햇살이 비춰 보이지 않는 노트북 모니터) 서향이면 곤란하다.
일몰 시간대에 눈이 피로하고 노트북 작업이 힘들거든.

픽업 테이블이 아니라 매장 손님용 테이블 위에 서빙되는 테이크아웃 종이컵.

성민 (E) 매장에 머무는데 종이컵이라니 어불성설.
이왕이면 다홍치마, 머그잔보다 도자기 잔을 선호한다.
(도자기 잔에 담긴 커피를 드는 손) 커피 맛? 당연히 좋아야지, 카펜데.

노트북 작업을 하다 고개를 들어 뚱한 표정으로 성민을 쳐다보는 개발자 직원.

개발자 대표님, 편하고 쾌적한 공유오피스 두고 대체 왜……
성민 (E) 신입 개발자의 좋은 지적이다.

세련되고 자유로운 분위기가 넘쳐흐르는 공유오피스 내부.

성민 (E) (자동 커피머신으로 추출되는 커피) 맛 좋은 커피가 공짜.
(맥주와 부식들) 맥주에, 맛있는 간식에.
(분주하게 명함을 주고받는 손들) 다양한 소셜 네트워킹까지, 여긴 최고다.

사무실 문을 빠끔히 열자 라운지에 모여 담소를 나누던 무리가 와서 합류하라며 손을 흔든다.
이내 조심스럽게 다시 닫히는 문.

성민 (E) 내가 의외의 내향형 인간이라는 사실만 뺀다면.
물론 돈도 없지.

번화가를 지나 조금 한적한 주택가를 훑으며 지나가는 성민의 시점.

성민 (E)   개인 사무실처럼 쓸 수 있는 그런 완벽한 카페는 세상 어디에도 없다고? 천만의 말씀.

조용해 보이는 카페를 향해 다가가는 시점, 어렴풋이 문 앞에 붙은 종이가 보인다.
폐업 공고. '지금까지 저희 카페를 사랑해주신 손님 여러분께 작별 인사 드려요.'

성민 (E)   다만 오래가질 못할 뿐이다.

31.   부동산, 안팎 / 낮

상가 건물 1층, 부동산 간판이 보이고 그 모습 위로 부동산 사장의 목소리가 흐른다.

남사장 (E)   엄청 까다로우시네.

부동산 내부, 비로소 얼굴이 드러나는 성민. 겸연쩍게 웃는다.

성민   제가, 그렇게 까다로운 편은, 아닐 텐데……

맞은편에 앉아 사람 좋게 웃고 있는 50대 남성 남사장.

남사장   뭘, 맞구만. 자, 그래 함 봅시다. 스타트업이라……
성민   네, 스타트업은……
남사장   (끊으며) 알아, 나도. 설명 안 해도 돼.
성민   (가볍게 웃으며) 아직 예비창업 단계긴 한데.
남사장   (듣는 둥 마는 둥) 대성하실 거예요. 딱, 네 명까지 쓰실 만한 데가 있네.

성민	(뭔가 이상하다 싶으면서도) 아, 그래요?
남사장	다 갖춰놨어. 몸만 들어가면 돼. 근데 가격은 쫌 있고.
성민	(갸우뚱하며) 네? 사장님, 저는 사무실 구하는 게 아닌데요.
남사장	(갸우뚱하며) 구한다며?
성민	그게 아니라, 사무실처럼 쓸 수 있는……
남사장	(끊으며) 내 말이, 사무실처럼 쓸 건데 커피숍 느낌 있는, 그런 거잖아요.
성민	아니요, 그냥 커피숍이요. 조용한 커피숍 찾고 있다고요.
남사장	(성민을 빤히 바라보며) 근데 여길 왜 왔어요?
성민	정보 좀 얻으려고요.

보고 있던 서류를 탁 덮으며 자리에서 일어서는 남사장.
부탁한다는 표정으로 여전히 웃고 있는 성민.

32.   2대 커피, 안팎 / 낮

2대 커피가 보이는 길목에 서서 분위기를 살피는 성민.
카페로 들어온 성민의 시점으로 2대 커피 내부 모습이 보인다.

고비	(가벼운 웃음으로 친절하게 맞으며) 어서 오세요.

한가한 시간대의 매장 분위기, 비어 있는 창가 자리를 보는 성민.

Cut to: 시간 경과
창가에 앉아 주문한 커피를 마시는 성민, 만족스러운 눈치다.
비로소 작업할 준비를 하면서 노트북 컴퓨터와 다이어리를 꺼내놓는데 전화가 울린다.

성민	(밝게) 김과장님 안녕하세요. 네, 네, 사무실입니다. 통화 괜찮아요.

'사무실'이라는 말에 귀가 쫑긋해 성민 쪽을 슥 쳐다보는 카운터의 고비.

성민   (실망스러운 듯) 아, 아…… 그러시군요. 어쩔 수 없죠.
         (밝게) 그래도 변변찮은 기획서 꼼꼼히 검토하고 피드백 주셔서 감사합니다. 다음에 또 연락드릴게요. 들어가세요.

통화를 마치고 고개를 뒤로 푹 꺾었다 창밖을 바라보는 성민, 그 모습을 쳐다보는 고비.

고비   (옆에서 자기 할 일을 하던 박석을 보고) 저희 가게, 사무실이었어요?
박석   글쎄?

아리송한 질문에 아리송하게 답하는 박석.

33.   2대 커피, 내부 / 낮-저녁

다음 날도 2대 커피로 출근한 성민의 모습들.

주변 눈치를 보며 손으로 입을 가리고 작은 소리로 통화를 하는 성민.
노트북을 펼쳐놓고 타이핑을 하는 성민.
창밖을 보며 생각에 잠긴 성민.
어둑해지는 시간, 작업에 열중하고 있는 성민의 테이블 위로 빵이 담긴 접시가 놓인다.
빵을 들고 온 박석을 쳐다보는 성민.

박석   출출하실 텐데 이것 좀 드시면서 하세요.

베이킹 공부 중인 단골이 만든 건데 맛이 괜찮습니다.

성민   자리 오래 차지하고 있는 것도 죄송한데 이런 것까지, 감사합니다.
박석   파는 것도 아닌데요, 부담 갖지 마시고 편히 드시고 일 보세요.
성민   감사합니다.

박석과 성민 쪽을 빤히 쳐다보다 박석이 카운터 쪽으로 돌아서자
시선을 돌리는 고비.
박석이 카운터로 돌아오자 쿠키 정리하는 시늉을 하며 들으라는
듯 혼잣말을 한다.

고비   오늘따라 김사장님네 쿠키가 잘 안 나가네.

고비를 쳐다보는 박석.

34.   2대 커피, 안팎 / 아침-낮

고비의 신경을 긁는 성민의 모습 몽타주.

2대 커피, 외부 / 아침
이른 아침, 2대 커피로 출근하는 고비.
오픈 시간 전부터 카페 건물 구석에서 통화를 하고 있는 성민의 모
습을 보고 놀라는 고비.

2대 커피, 내부 / 낮
옆 테이블에 손님이 있을 때 노트북을 들여다보고 있는 성민.
옆 테이블이 비어 있을 때 통화를 하는 성민.

성민   (카운터의 고비에게) 저, 잠깐 점심 좀 먹고 와서 커피 한 잔 더 주
문하려고 하는데 제 자리 좀 봐주실래요?

고비	(당황해서) 네? (떨떠름하게) 네.

노트북과 다이어리 및 각종 자료들이 펼쳐져 있는 성민의 테이블을 보고 인상을 쓰는 고비.

2대 커피, 내부 / 낮
젊은 남성 한 명과 여성 한 명이 두리번거리며 매장으로 들어온다.
인사를 하는 고비, 테이블에서 손을 들어 신호를 보내는 성민.
자기 사무실처럼 회의를 하는 성민과 동료들의 모습.

2대 커피, 내부 / 낮
퀵서비스 기사가 가게로 들어온다.

퀵기사	(고비를 보고) 박성민씨?
고비	네?
퀵기사	최대한 빨리 오라면서요?
	왜 자꾸 안전운행 하라고 회사에 민원 넣으시는 건데요?
고비	저, 민원 넣은 적 없는데.
성민 (E)	기사님?

소리 난 쪽을 처다보는 고비와 퀵기사.
서류봉투를 들고 퀵기사를 부르는 성민.

35.   2대 커피, 내부 / 낮

바 테이블을 제외하고 테이블이 만석인 상황, 부동산 남사장과 여성 고객 한 명이 들어온다.

고비	어서 오세요.

남사장	(매장을 둘러보고) 어, 박사장. 자리가 없네?
박석	오셨어요? 괜찮으시면 여기 바 테이블도 있습니다.
부동산손님	(남사장에게) 저도 저런 데서 한번 마셔보고 싶었는데.
남사장	그래도 손님 모시고 앉기엔 좀 그렇지. (박석에게) 다음에 올게.
부동산손님	(민망한 듯) 다음에 따로 마시러 올게요.
박석	죄송합니다.
고비	다음에 오세요!

혼자 4인 테이블을 차지하고 있는 성민 들으라는 듯 크게 인사하고 박석을 쳐다보는 고비.

고비	(성민 쪽을 눈짓으로 가리키며) 저 손님 좀 너무하시는 거 아니에요?
박석	뭐가?
고비	꼴랑 커피 두 잔 시켜놓고 하루 종일 자리 차지하고 있잖아요.
박석	두 잔이 어디야, 한 잔만 시켜도 뭐라고 못 할 판에.
고비	하루 이틀이어야죠. 지금 일주일째라고요.
박석	그만큼 우리 카페가 괜찮다는 말이겠지?
고비	이러다 간판도 저분 회사명으로 바꿔 달겠어요.
박석	그건 생각 못 해봤네.
고비	누군 땅 파서 장사하는 줄 아나, 저럴 거면 집에서 일을 하지.
박석	넌 집에서 공부 되디?

허를 찌르는 박석의 반문에 답은 못 하고 그냥 답답하기만 한 고비. 고비 마음은 아는지 모르는지 자기 일을 하는 박석.

36.   2대 커피, 내부 / 밤

영업 종료가 임박한 시간, 박석은 로스팅실로 들어가고 성민은 여전히 컴퓨터와 씨름 중이다.

로스팅실의 눈치를 살피던 고비, 청소 용구를 들고 매장 정리를 시작한다.

카운터 쪽은 놔두고 대걸레를 들고 일부러 테이블 쪽부터 가는 고비, 성민 앞에서 알짱댄다.

신경도 안 쓰고 일에 집중해 있는 성민.

고비   (성민 테이블 밑으로 대걸레를 밀며) 죄송한데 발 좀……
성민   (일에 집중한 채 발만 들며) 네.

더 약이 오르는 고비, 로스팅실에서 나오다 이 상황을 본 박석.

박석   고비씨, 카운터 쪽부터 정리할까.
고비   (눈치를 보며) 네.

그제야 시계를 보고 현실로 돌아온 듯 영업 종료시간이 임박했음을 깨닫는 성민.

성민   시간이 벌써 이렇게 됐네. 죄송합니다.
박석   영업 아직 안 끝났어요. 더 계셔도 됩니다.
성민   아닙니다. 얼추 됐으니 이제 가야죠.
박석   시간 가는 줄도 모르고 집중하시는 모습 보니 좋네요.
성민   최근에 관심 갖는 투자자가 나타나서요.

손으로는 펼쳐놓은 자료를 정리하면서도 시선은 끝까지 모니터 화면에 쏠려 있는 성민.

Cut to: 시간 경과
정리가 끝난 매장.

퇴근 준비 중인 고비, 퇴근 준비를 마치고 바 테이블에 앉아 있는 박석의 눈치를 본다.
고비가 자기 눈치 살피는 걸 알면서도 은근 뜸을 들이는 박석.

박석	고비야.
고비	(기다렸다는 듯) 네.
박석	우리 영업 몇 시에 마치지?
고비	8시요.
박석	그 말은?
고비	손님은 8시까지 방해받지 않고 편하게 머물 수 있다. 뒷정리는 8시부터.
박석	그래. (자리에서 일어서며) 내일 보자.
고비	선한 의도를 악용하는 손님 한 명이 카페 분위기를 망칠 수도 있잖아요. 저는 그게 화가 나요.
박석	누구?
고비	아시잖아요.
박석	그 얘긴 이제 그만했으면 좋겠는데.
고비	무슨 볼드모톱니까? 이젠 말도 못 해요?
박석	볼트모트? 볼드모트라……

흥미롭다는 듯 생각하며 가게를 나가버리는 박석.
본격적인 논쟁이 시작되려는데 그냥 나가버리는 박석의 반응에 당황한 고비.

고비	뭐야……

37.   2대 커피, 내부 / 아침

카운터에서 오픈 준비 중인 고비.
창가 밖에서 통화를 마치고 가게로 들어오는 성민.

고비   어서 오세요.

성민   오늘은 일찍 여셨네요?
        주문은 오픈 이후에 하고 자리부터⋯⋯
        (창가 테이블을 보고) 어, 어?

창가 테이블에 올려진 배송용 원두 박스들.

성민   저거⋯⋯ 좀, 내려주실 수 있나요?

고비   지금은 좀 힘들 거 같은데요.

성민이 망설이는 사이 출근해서 이 상황을 목격하고 고비를 쳐다
보는 박석.

박석   (성민에게) 바로 정리될 거니까 잠깐 이쪽에 앉아서 기다리시죠.

Cut to: 시간 경과
혼자 구시렁거리며 쌓아놨던 박스를 다시 빼는 고비.
바 테이블에 앉은 성민이 핸드드립 중인 박석과 대화 나누는 모습
을 못마땅하게 쳐다본다.

박석   해초로 만든 가축 사료요?

성민   네, 소 네 마리가 트림 방귀로 내뿜는 메탄가스가 자동차 한 대에
        맞먹고 메탄은 이산화탄소보다 수십 배 강력한 온실가스거든요.
        근데 해초 사료 먹이니까 메탄가스 배출량이 80% 가까이 줄었다
        는 해외 연구 결과를 보고 이거다 싶었죠.

박석   그럼 사료를 직접 만드시는?

성민   아뇨, 우선은 연구진, 사료 산업, 목축업, 수산업 관계자들의 네트
        워킹을 구축 중입니다. 이 방향이 옳다는 건 다들 인정하면서도 각
        자 이해 관계와 업계 관행 때문에 누구 하나 선뜻 나서질 않고 있
        거든요.

박석	아, 그걸 중개하고 중재하는 플랫폼을 만드시는 거군요.
성민	꿈은요. 지금은 온라인 해초 판매점 수준이지만.
박석	선한 의도가 느껴지네요.
성민	요즘 ESG 경영이라고 난리잖아요.

수단 방법 안 가리고 매출만 올리려는 산업이나 업체는 결국 도태될 거예요.

그 얘기를 듣고 창가 쪽의 고비를 쳐다보는 박석.
때마침 정리를 마친 고비, 박석에게 이제 여기 앉으셔도 된다는 제스처를 취한다.
일 얘기를 할 때 눈빛이 반짝이던 성민, 박석과 고비를 번갈아 보며 심상찮은 기류를 느낀다.

Cut to: 시간 경과
전과 다름없이 창가 자리에 앉아 정신없이 자기 일을 하고 있는 성민.
내색 없이 자기 일을 묵묵히 하는 박석의 태도에 더 눈치가 보이는 고비.

고비	죄송합니다. 주는 거 없이 얄미워서요.
박석	얄밉다고 그러면 쓰나.

뭔가 말을 더 할 듯한 분위기의 박석, 때마침 성민이 짐을 싸서 카페를 나선다.

박석	식사하러 가시는 거면 짐 놓고 가시죠?
성민	아니요, 갑자기 회의가 잡혀서요. (겸연쩍게 웃으며) 조기 퇴근입니다.
	(고비를 보고) 죄송합니다.
고비	네? 아, 네.

얼떨떨하게 사과를 받고 조금 민망해지는 고비.

고비   (성민이 나가자 박석을 보고) 저한테만 사과한 거 맞죠?

대꾸 없이 자기 일을 하는 박석.

38.   2대 커피, 안팎 / 아침-낮

출근하는 고비 눈에 보이는 2대 커피 전경, 성민의 모습이 보이지 않는다.
비어 있는 창가 자리를 보고 뭔가 찜찜한 표정의 고비.
창가 자리에 앉아서 공부를 하고 있는 다른 손님을 보고 혼잣말처럼 중얼대는 고비.

고비   며칠째 안 보이시네.
박석   막상 안 보이니까 보고 싶어?
고비   그, 그건 아니죠.

39.   2대 커피, 내부 / 밤

퇴근 준비를 마치고 창고에서 나오는 고비, 샘플 로스팅을 위한 생두 핸드피킹 중인 박석.

고비   먼저 들어가보겠습니다.
박석   그래, 고생했다. 내일 보자.

인사를 하고도 떠나지 않고 쭈뼛거리는 고비를 쳐다보는 박석, 일을 하면서 대화를 이어간다.

박석	안 가?
고비	저 때문에 안 오는 걸까요?
박석	누구? 볼드모트?
고비	그런 거 있잖아요. 이상하게 신경 쓰이는 거.
박석	모질지도 못하면서 쌀쌀맞게 굴어놨으니.
고비	사업한다는 사람이 이렇게 옹졸해서 무슨 큰일을 하겠다고.
박석	(대뜸) '엘리펀트 하우스'라고 들어봤어?
고비	네? 코끼리, 집? 동물원이에요?
박석	카페. 스코틀랜드 에든버러에 있는.
고비	아, 거기 커피가 유명한가 봐요.
박석	안 마셔봐서 커피는 모르겠고, 조앤 롤링이 『해리포터』를 쓴 카페로 유명하지.
고비	아……
박석	정부 보조금으로 생계 꾸리던 싱글맘이 소설을 쓰겠다니, 이게 진짜 판타지 같은데, 조앤 롤링은 해낸 거야. 유아차 몰고 산책하다가 딸이 잠들면 '엘리펀트 하우스' 가서 커피 한 잔 시켜놓고 내리글을 쓰는 식으로.
고비	몰랐는데, 대단하네요.
박석	그때 카페 주인이 이용시간 제한 있다고 눈치 주거나 쫓아냈으면 『해리포터』가 나왔을까?
고비	다른 카페도 있잖아요.
박석	다 같은 생두라고 다 같은 원두가 되는 건 아니지.

핸드피킹으로 골라낸 결점두를 따로 모으는 박석.

박석	카페도 손님과 궁합이 있거든. 생두마다 어울리는 로스팅 프로파일이 있듯이.

생두를 훑고 고르고 옮겨 담는 과정에서 나는 소리가 ASMR 영상처럼 보이고 들린다.

그 과정을 지켜보며 숙연해지는 고비.

40.   2대 커피, 내부 / 낮

한가한 오후, 창가 자리에 앉은 20대 커플 손님이 각자 핸드폰을 들여다보고 있다.
그들을 가만히 쳐다보는 고비, 조금 무료하고 힘이 빠져 보인다.
그 모습을 슬쩍 쳐다보는 박석, 그때 가게 문을 열고 정장을 빼입은 성민이 들어선다.
창가 자리에 앉은 커플들을 보고 조금 난감해하는 성민.

고비   어서 오세요!

너무 반가운 티를 냈나 싶어 조금 머쓱해진 고비.

성민   안녕하세요.
박석   한동안 뜸하셨네요.
성민   기획서랑 제안서 보고 몇 군데 연락이 와서요.
         투자사들 돌면서 피티하느라 바빴네요.
박석   이제 곧 사무실 이전하시려나 봅니다.
성민   그러잖아도 제일 긍정적인 투자자분이랑 여기서 미팅을 잡았거든
         요.
박석   (창가 자리를 보고 성민에게) 약속 장소를 옮기시는 게 낫지 않을
         까요?
성민   투자자분이 꼭 제가 일하는 곳에서 보자고 하셔서요.
고비   (창가 자리를 보고) 금방 가실 것 같지는 않은데……
성민   저도 저 자리에 앉아야 자신감이 생길 거 같고.
박석   이를 어쩐다……
성민   (웃으며) 아직 시간 있으니 좀 기다려보죠 뭐.

할 수 있는 게 없어서 안타까워하기만 하는 박석을 보고 답답한 고비, 대뜸 테이블로 간다.
의아한 듯 고비를 쳐다보는 박석과 성민.

고비   저기, 손님.
커플남   (핸드폰을 보다 놀라서) 네?
고비   얼마 전에 샘플 로스팅한 원두가 있는데요, 디저트랑 궁합을 보려고 테스트 중이거든요.
커플여   (핸드폰에서 눈을 떼고) 그런데요?
고비   맛보시고 의견 좀 주실 수 있을까 해서요.

이제야 서로 눈빛을 주고받으며 의견을 조율하는 커플.

커플여   좋죠.
커플남   공짜인 거죠?
고비   그럼요. 대신 바 테이블에서 진행했으면 하는데.
커플여   네.

그게 대수냐는 듯 바로 자리에서 일어나는 커플, 표정이 밝아지는 성민.
박석을 보고 눈짓을 하는 고비, '나보고? 뭐?' 하는 반응이지만 내심 흐뭇한 박석.

Cut to: 시간 경과
바 테이블에 앉아 박석이 내린 커피와 김사장네 쿠키를 먹으며 대화를 나누는 앞의 커플.
40대 중반의 여성 투자자와 창가 자리에 앉아 대화를 나누고 있는 성민.

투자자   아직 많이 러프해요. 실현 가능성도 미지수고.

성민	(풀이 죽어) 저도 그렇게 생각합니다.
투자자	그런데 욕심나네. 방향만 맞으면 방법은 찾으면 되니까요.
	(손을 내밀며) 잘해봅시다.
성민	(조금 놀란 표정으로 투자자 손을 잡으며) 고맙습니다.

Cut to: 시간 경과
20대 커플은 떠난 카운터를 지키고 있는 박석과 고비.
밝은 표정으로 회의를 마친 투자자와 성민이 나가려고 일어서서
카운터 쪽으로 온다.

투자자	커피 너무 맛있게 잘 마셨습니다.
박석	감사합니다.
투자자	이제 박대표 사무실 구하면 단골 하나 잃는 건데 섭섭하시겠어요.
고비	무슨 말씀을요, 저희가 감사하죠.

말해놓고 머쓱해서 웃는 고비를 보고 같이 웃는 박석과 성민, 투자
자까지 따라 웃는다.

성민	(고비에게) 저 때문에 고생 많으셨죠. 그간 감사했습니다.
고비	여기가 또 다른 코끼리 집이라는 걸 알려주신 분인데요, 제가 감사
	하죠.
성민	코끼리 집이요?
박석	(고비를 보고 웃으며 성민에게) 이제는 머리 식힐 때 종종 들러주
	세요.
투자자	그러면 되겠네요. 아, 명함 있으면 한 장 주실래요?
고비	네, (근처에 둔 명함을 하나 꺼내 건네며) 여깄습니다.

자기 대신 명함을 먼저 꺼내 건네는 고비를 한 번 쳐다보는 박석.

투자자	그러잖아도 회사 원두가 영 별로라 바꾸려던 참이거든요.

며칠 내로 총무팀에서 연락을 드릴 거예요.

인사하고 가게를 나서는 투자자를 따라나서던 성민, 가게 문 앞에서 돌아선다.

성민	(박석과 고비를 향해) 고맙습니다.
고비	또 오세요!

가게 밖으로 멀어지는 성민과 투자자.
갑작스레 벌어진 상황에 멀뚱히 바깥만 쳐다보고 있는 박석과 고비.

고비	(잠시 뒤 박석을 보고) 우리 납품 따낸 거예요?
박석	그러게.

어리둥절한 표정으로 서로 쳐다보는 박석과 고비.
비어 있는 창가 테이블로 은은한 햇살이 들어오는 모습.

제4화

절대적이지만 상대적인

❶

"난 엄마처럼 살 거야."

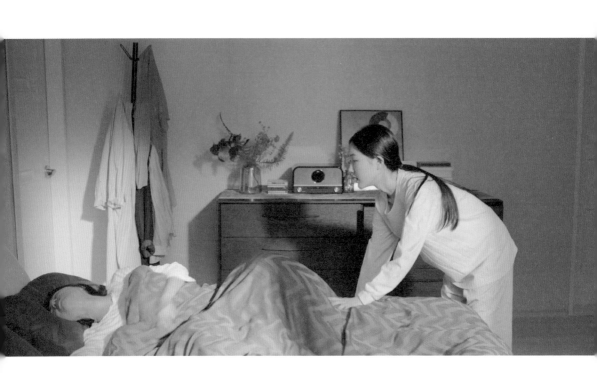

41.   주희 집, 거실-안방 / 아침

크지 않지만 깔끔하고 안락하게 꾸며놓은 단독주택 거실.
식탁과 책상을 겸한 탁자 주변으로 책장 및 오디오 시스템을 갖춰
놓았다.
조용한 거실의 모습 위로 툴툴거리는 혜지의 목소리가 얹힌다.

혜지 (E)   뭐야, 대체 어디 간 거야?

잠옷 차림으로 거실에 나오더니 작은 방으로 들어가는 혜지.
안방, 세상모르고 숙면 중인 주희.
잠시 뒤 혜지가 방문을 열고 들어와 주희를 깨운다.

혜지   (안방 서랍장을 뒤지며) 엄마, 엄마……
주희   (잠든 채로) 으, 으으……
혜지   (흔들어 깨우며) 엄마, 내 체육복 못 봤어?
주희   (비몽사몽) 머, 머……
혜지   눈 좀 떠봐!

일어나라고 이불을 젖히는 혜지, 혜지의 체육복 바지를 입은 채 잠
들어 있던 주희.

혜지   이걸 왜 입고 자는데!

주희가 입고 있던 체육복 바지를 강제로 벗기려는 혜지, 그제야 정
신을 차리는 주희.

주희   (혜지의 손을 밀어내며) 아우, 가만, 쫌!
혜지   나 시간 없다고.
주희   (여전히 잠이 덜 깬 상태로) 야, 이거 따뜻하다? 요즘 학생복 잘 만
      드네.
혜지   뭐래.

주희의 능청을 받아주지 않고 체육복을 받아 쌩하고 방 밖으로 나
가버리는 혜지.

42. 주희 집, 주방-거실 / 아침

주방, 가스레인지 앞에서 프렌치토스트를 만들고 있는 주희.
거실, 탁자에 놓인 샐러드를 집어 먹으며 핸드폰을 든 채 왔다 갔
다 하는 교복 차림의 혜지.
커피 도구들을 모아둔 진열대 위에 핸드폰을 연결해 충전을 시켜
놓고 다시 왔다 갔다 한다.

주희   (주방에서 접시를 들고 나와 탁자 위에 올리며) 토스트 나왔습니다.
혜지   (분주하게 식탁 앞을 오가며) 시간 없어.
주희   어우, 정신 사나워, 서혜지! 좀 앉자.
혜지   (퉁명스럽게 앉으며) 늦었다고!
주희   아직 안 늦었어. 아니, 좀 늦으면 어때. 먹어.
혜지   (보란 듯 토스트를 한입 베어 물며) 됐지? 나 간다.

서둘러 자리에서 일어나 가방을 들고 현관으로 향하는 혜지.

주희	야, 장난해? 해준 사람 성의도 생각해야지.
혜지	성의 생각해서 한입 먹은 거야. 해줄 거면 좀 빨리 해주든가, (현관문을 열고 나가며) 학교 가서 또 양치해야 되잖아.
주희	저거, 저거, 절대 안 지지.

혜지가 사라지자 갑자기 조용해진 집 안에 홀로 남은 주희.
그때 탁자 위에 뒀던 주희의 핸드폰 벨이 울린다.
발신자 정보를 보고 약간 의아한 표정으로 전화를 받는 주희.

주희	재영 에디터? 이렇게 일찍 웬일?

전화기를 귀에 댄 채로 일어나 커피 내릴 준비를 하려고 진열대로
가는 주희.
하지만 원두 알갱이 하나만 남아 소리를 내는 2대 커피의 원두 봉
투.

주희	뭐라고요? 그게 왜?

떨어진 커피에 통화 내용까지 심기가 불편한 주희, 진열대 끝 쪽에
세워둔 보온병을 본다.

43.   2대 커피, 내부 / 아침

죽 늘어선 보온병과 텀블러들 서너 개, 거기에 뜨거운 물을 담는
고비의 손.
동시에 그라인더와 에스프레소 머신을 오가며 커피를 만드는 고비.
이어서 한 잔 분량의 커피보다 훨씬 적게 담긴 도자기 잔을 바 테
이블에 올리는 박석.

텀블러손님	(잔에 담긴 커피를 보고) 이건 뭐예요?
박석	잔에 담긴 커피부터 우선 맛보시라고 해드리는 서비습니다.
텀블러손님	(커피 잔을 들어 맛보며) 아…… 감사한데 제가 좀 급해서요,
	(고비를 보고) 텀블러는 안 데우고 그냥 담아주시면 안 될까요?
고비	(웃으며) 어차피 커피 내리는 동안 준비하는 거라서요.
	(말하는 동안 텀블러에 커피를 담아 건네며) 커피 나왔습니다.

말하기 무섭게 커피가 준비되자 안도하면서도 머쓱한 손님.
또 다른 손님이 주문을 하고 보온병을 건넨다.

보온병손님1	이거 세척도 해주시는 거죠?
고비	세척은 따로 안 해드리고요, 뜨거운 물 넣어서 온도만 맞춰드립니다.
보온병손님1	(보온병을 다시 집어넣으며) 아, 그럼 종이컵에 담아주세요.

오전러시의 마지막 손님, 도자기 잔에 담긴 커피를 들어 마신 뒤
만족스러운 표정을 짓는다.

보온병손님2	(여유 있게 잔을 내려놓고) 잘 마셨습니다.
박석	(보온병을 건네며) 여깄습니다.
보온병손님2	(보온병을 건네받으며) 감사합니다.
박석	고맙습니다.
고비	(빠른 걸음으로 가게를 빠져나가는 손님에게) 또 오세요.

마지막 오전 손님이 나간 뒤 한숨 돌리는 고비, 정리 중인 박석을
도우며 말을 건다.

고비	둘이 해도 벅찬데 전에는 어떻게 혼자 다 하셨어요?
박석	월급 올려달라고?
고비	에이, 아직은 아니죠. (조심스레) 텀블러 온도는 당연히 맞춰야 되

는 건데……

박석　근데?

고비　테이스팅하게 잔에 담아주는 과정까지 꼭 필요한가 싶어서요.

박석　(수긍하며) 해줘도 싫어하는 사람이 대부분이고.

고비　제 말이요. 오전이나 점심러시 때는 1분 1초가 아까운 분들이니까.

박석　커피 맛은?

고비　아무래도 스테인리스가 커피 향을 빼앗아가긴 하니까…… 네, 죄
　　　송합니다.

박석　(웃으며) 죄송할 것까지야. 환경도 중요하고 시간도 중요한데 맛
　　　도 포기할 수는 없으니, 내 욕심이 만들어낸 궁여지책이지.

고개를 주억이며 수긍을 하는 듯했다가 다시 반론을 제기하는 고비.

고비　그런데, 여유가 없으면 커피 맛도 제대로 못 느끼지 않을까요?

박석　컵노트가 정확하게 구현됐는데도?

고비　네, 너무 바쁘다는 전제하에서만 가능할 질문이지만.

박석　일리 있네.

작은 승리감에 도취된 고비, 여기에 가만히 한 마디 더 얹는 박석.

박석　대부분이 전부는 아니지.

고비　네?

박석　방금 다녀간 손님.

고비　(무슨 말을 하려는지 알겠다는 듯) 그분이 계셨네요.

박석　그런 손님이 우리 기준이어야 되는 거 아닌가?

고비　(곰곰이 생각을 하며) 그럼요, 그렇죠, 네, 그러네요.

이의 제기했던 자신이 민망해졌는지 같은 말을 반복-변주하며 머
신 주변을 정리하는 고비.

44. 잡지사, 사무실-테라스 / 아침

소규모 남성잡지 사무실 문을 열고 들어오는 주희, 익숙한 듯 담당
에디터의 자리로 향한다.
의자 등받이에 몸을 기댄 채 멍하니 천장을 쳐다보고 있는 30대
여성 에디터 재영.
옆자리엔 다른 에디터가 엎드려 자고 있다.

주희   재영씨.
재영   (그제야 화들짝 놀라 의자를 돌리며) 작가님!
주희   마감 때문에 정신없죠?
재영   아, 네, 근데 여기까지, 웬일로?
주희   얼굴 보고 얘기 좀 하고 싶어서.

피로가 겹겹이 쌓인 얼굴로 어색하게 웃는 재영.

Cut to: 테라스
자양강장제를 들고 있는 주희의 손, 그 위에 얹히는 재영의 목소리.

재영 (E)   새벽에 원두가 다 떨어져서요.

테라스 벤치에 앉아 있는 두 사람, 자양강장제 병을 만지작거리며
말을 하는 주희.

주희   지금까지 컨트리뷰터 입장 충분히 이해하고 지켜줬던 에디터라는
         걸 알고 있어서 그런지 갑자기 문장 없애버리고 이런 게 좀 이해가
         안 되더라고.
재영   저도 그렇죠.
주희   작가님만큼 칼 마감에 에디터 손 안 타는 컨트리뷰터도 드무니까요.
주희   그런데 이번엔 왜?

재영	아무래도 여기가 남성지다 보니……
주희	(웃으며) 지난번까지는 여성지였어?
재영	(어색하게 웃으며) 그렇긴, 한데, 아무래도 요즘, 쫌, 그런 거 있잖아요. 불필요한 오해 살 부분은 없애고 가는 게 좋다는.
주희	음악 얘기하면서 여성예술가의 경력 지속과 결혼 문제까지 상상력을 뻗친 건 사족이다?
재영	사족까지는 아닌데, 없어도 무리 없지 않겠냐는, 그런?
주희	다른 사람도 아니고 정미조 선생님 음악 얘긴데, 이거 자기 생각?
재영	(뜸을 들이다) 네……

확신 없이 대답하는 재영의 표정을 보고 감을 잡은 주희.

주희	편집장님 바뀐 걸 잊고 있었네.
재영	아니, 뭐, 그것 때문만은 아니지만.
주희	내가 뭐 남자들이랑 싸우자는 글을 쓴 것도 아니고, 그럴 마음도 없지만 내 욕심이 과했다. 음악 얘기만 해도 되겠어.
재영	감사해요.
주희	(가방에서 보온병을 꺼내며) 우리 나가서 커피 한잔 할까? 아직 한 잔도 못 마셨더니 좀 멍하네.
재영	저도 그러고는 싶은데 마감 때문에……
주희	아이고, 미안. 내가 시간 너무 뺏었나 봐.
재영	아니에요, 직접 찾아오시게 만든 제가 죄송하고 감사하죠.

서둘러 자리에서 일어서는 주희.

45.   잡지사 앞 / 낮

점심시간을 한 시간 남짓 앞둔 시각, 잡지사에서 나와 시계를 보고 잠시 고민 중인 주희.
그때 전화가 걸려온다. 발신자 화면을 보면 떠 있는 '서영훈'.

주희   (발신음을 무음으로 바꾸며 받지 않고) 이 인간은 왜 또?

마음을 정한 듯 바삐 발걸음을 옮기는 주희.

46.   2대 커피, 안팎 / 낮

점심시간이 임박한 시간, 빠른 걸음으로 2대 커피로 들어가는 주희의 모습.
가게에 들어서자마자 박석에게 눈인사를 하고 가방에서 보온병을 꺼내 고비에게 건네는 주희.
평소와는 뭔가 다른 박석과 고비의 분위기.

고비   (뭔가 떨떠름하게) 오셨어요?
주희   (고비 눈치를 보고) 점심러시 앞두고 미안, 미안. 오늘은 보온병에 담아줘. 바로 사라질게.
고비   저, 그게 아니라.
주희   (주저하며 눈짓하는 고비의 반응을 놓치고) 오늘 일진 사납네.
가는 데마다 커피는 떨어져, 쓸데없는 전화는 계속 걸려와.
영훈 (E)   나 말이야?

주희와 보이지 않게 테이블에 앉아 있던 40대 초반 남성, 주희의 전남편 서영훈이다.
멀끔한 허우대에 옷도 세련되게 잘 갖춰 입은 영훈, 주희를 보고 일어난다.

주희   (깜짝 놀라 돌아보며) 뭐야? 너 여기가 어디라고 함부로……

영훈	(커피 잔을 들며) 내 돈 내고 커피 사 마시는 거 막는 법이라도 있어? 아님 전화를 좀 받든가.

박석과 주희의 관계를 알고 있는 듯 능글맞게 웃으면서 약을 살살 올리는 영훈.
신경이 쓰이지만 어떻게 할 수 있는 것도 없어 눈치만 보고 있는 고비.
특별한 내색 없이 자기 일을 하는 박석을 쳐다보는 주희, 괜히 부끄러워진다.

주희	나와. 나가서 얘기해.
영훈	커피 다 안 마셨는데? 조용하니 좋네. 여기서 얘기하자.
주희	이제 곧 사람들 몰려온다고.

의외로 순순히 주희를 따라나서던 영훈, 바 테이블 위에 들고 있던 커피 잔을 내려놓는다.

영훈	(박석을 향해) 잘 마셨습니다, 사장님. 이 집 커피, 의외로 맛있네.
박석	고맙습니다.
영훈	(다시 바 테이블에 앉아 매장을 훑으며) 이런 거 차리는 데 얼마나 들어요? 나도 사장님 자문 받아서 커피숍이나 하나 차릴까?

대답은 않고 어색하게 웃는 박석, 예의 바른 듯 무례한 영훈의 태도에 부아가 치미는 고비.

주희	(문 앞에 서서) 안 나와!
영훈	(일어나 바 테이블에 엉덩이를 걸치며) 오늘 좀 예민하네? 나 싸우려고 온 거 아니야.
고비	(조심스레 끼어들며) 손님, 여긴 식음료 올리는 곳이라 앉으시면 안 됩니다.

영훈	(돌아보지도 않고) 괜찮아요. 난 한 번만 입고 바로 드라이 맡기거든.

황당한 고비, 박석을 쳐다보면 얼굴은 그대론데 손에 포터필터를 쥔 채 부들부들 떨고 있다.
당황한 고비, 뭔가 먼저 조치를 취해야겠단 생각에 주변을 살피다 얼음물이 담긴 컵을 본다.

주희	(다시 차분하게) 창업 상담 좀 더 받고 올래? 나 먼저 갈까?
영훈	상담은 됐고, 들어와. 문 앞에서 영업 방해 말고.

실랑이가 오가는 동안 영훈 뒤에 물 잔을 놓고 톡 밀어 물을 쏟는 고비.
엉덩이에 찬물이 닿자 화들짝 놀라 일어나는 영훈.

영훈	앗 차거, (돌아서서 테이블과 고비를 보고) 뭐야, 이거.
고비	물입니다.
영훈	(황당하다는 듯) 뭐요?
고비	죄송합니다. 신입이라.

뭔 일인가 싶어 박석과 고비 쪽을 보는 주희.
고비의 돌발행동에 당황해서 포터필터를 내려놓고 고비를 쳐다보는 박석.

영훈	(검게 젖은 바지 엉덩이 부분을 살피며) 에이 씨, 사람 스타일 다 죽게.
박석	세탁비는 변상해드리겠습니다.

옷과 고비를 번갈아 보며 인상을 쓰다 기가 차단 표정으로 박석을 쳐다보는 영훈.

영훈   (웃으며) 주희가 어떻게 얘기했는지 모르겠는데, 저 그런 사람 아
         니에요.

         그제야 바지를 툴툴 털고 돌아서는 영훈.
         아무 말도 없이 주희를 쳐다보는 박석.
         문을 열고 나가려던 주희, 박석과 눈이 마주치지만 이내 문밖으로
         사라진다.

영훈   (문 앞에서 돌아선 채) 신입, 교육 좀 잘 시키세요.
박석   또 오세요.
고비   안녕히 가세요!

         영훈까지 가게 문을 닫고 사라지자 박석과 고비만 남은 상황.

고비   (혼잣말처럼) 난 또 오라는 말은 죽어도 안 나오던데.

         고비를 쳐다보는 박석.

고비   죄송합니다.
박석   (묵묵부답으로 로스팅실로 들어가며) 고맙다.

         그제야 한숨 돌리는 고비.

47.   커피숍, 테라스 / 낮

         2대 커피와 분위기가 사뭇 다른 테라스 카페.
         주희 앞에 놓인 커피 잔, 손도 안 댄 채 그대로다.

주희   안 돼.

영훈	생각부터 좀, 하고 말을 하자.
주희	가만 보면, 부탁하는 주제에 사람을 깔보는 이상한 재주가 있어.
영훈	이게 어떻게 부탁이냐? 내가 이쪽 부동산 쫙 다 돌아봤는데 한결같아. 지금 피크 치고 앞으로는 쭉, 쭉, 쭉, 떨어질 일만 남았대. 지금이 적기라고. (테이블을 톡톡 치며) 주희야, 주희야? 내 말 듣고 있니?
주희	집 팔아서 사업자금 꿔달란 전남편 얘기를 귀담아들어야 돼?

'그래? 이렇게 나온다는 말이지?' 하는 표정으로 한 차원 수위를 높여 주희를 압박하는 영훈.

영훈	내가 이런 말까지는 안 하려고 했는데, 너 그 돈도 안 되는 칼럼 써서 혜지 뒷바라지나 제대로 하고 있는 거야? 다른 엄마들은 24시간 전담마크에 왕복 두 시간씩 차 몰고 대치동으로 실어 나른다던데. 그 정도는 못 해도……
주희	(말을 자르며) 싸우자는 말이구나?
영훈	(손사래를 치며) 돈이 있어야 된다고. 그래야 너 하고 싶은 거 다 하면서도 애한테 아낌없이 지원을 할 거 아니야. 그거 끼고 있어봐야 소용없다니까. 나는 너한테 투자 기회를 주고 있는 거다?
주희	사람이 참 뻔뻔해. 미안하다 부탁한다 말 한 마디 없이.
영훈	내가 나 혼자 잘 살자고 이러니?
주희	어.
영훈	주희야, 주희야! 나 혜지 아빠야. 나라고 애한테 안 미안한 줄 알아? 떳떳한 아빠 되고 싶어서 이러는 거잖아.
주희	떳떳한 아빠 되고 싶어서 바람도 피웠고?
영훈	(눈을 질끈 감으며) 그 얘기가 지금 왜 나와? 이번 사업에 사활이 걸렸다고. 나 이거 안 되면, 정말, (한숨을 쉬며) 아니다, 아니야……

다시 태도를 바꿔 약한 모습을 보이는 영훈, 가만히 쳐다보고 있는

주희.

주희	한두 번이 아니라 그런지 감동이 지난번만 못하다. 어쨌든 거절.
영훈	(일어나는 주희를 보고) 주희야, 주희야! 생각 좀 더 해봐. 혜지를 위해서.

싸하게 일어나 단호하게 돌아서는 주희 표정도 밝아 보이지는 않는다.

48.   2대 커피, 외부 / 낮

생각에 잠긴 채 터덜터덜 걷던 주희, 길 건너 2대 커피가 보이는 위치까지 와서 멈춰 선다.
잠시 가만히 바라보고 있다 다시 발걸음을 돌리는 주희.

49.   주희 집, 거실 / 늦은 오후

조용한 집 안에 '드르륵'거리는 소리가 이어진다.
집으로 들어와 던지듯 탁자에 가방을 걸쳐놓고 화장실로 향하던 주희.
진열대에서 울리는 혜지의 핸드폰을 발견한다.

주희	(핸드폰을 들고 탁자로 이동해 앉으며) 아이고, 애 핸드폰 두고 갔네.

받을까 말까 고민하듯 탁자 위에 올려둔 핸드폰을 가만히 쳐다보는 주희. 핸드폰 화면엔 '꿈♥'이라는 발신자가 표시된다.
스피커폰으로 전화를 받는 주희, 다짜고짜 굵고 느끼한 목소리가

튀어나온다.

규웅 (E)   어디야? 톡은 읽지도 않고. 약속시간 겨우 30초 지났는데 벌써 30
년은 지난 거 같잖아. 30년 같은 30초라, 후우우. 보고 싶어 죽을
것 같은 오빠 마음, 우리 쥐는 아직 애송이라 모르겠지, 모를 거야.

'이게 뭐임?' 하며 순간 멍해지는 주희, 상대의 반응은 듣지도 않고
독백하듯 말하는 규웅.

규웅 (E)   물론 오빠는, 30년도 더 기다릴 수 있어. 하지만 너를 기다리는 30
년 동안 나 아무것도 못 하고 폐인이 될 것만 같아. 이런 내 맘이
담긴 노래 한 곡······
주희   (노래까지 하겠다는 말에 깜짝 놀라) 잠깐, 잠깐, 잠깐만.
규웅 (E)   (잠깐의 정적에 이어) 쥐?
주희   쥐? (그제야 쥐가 혜지의 애칭이라는 걸 파악하고) 나 쥐 엄마.

50.   거리 / 늦은 오후

늦은 오후 동네 상점가의 풍경.
그 위로 앞에서와는 전혀 다른, 긴장했는지 떨리면서도 예의 바른
목소리가 얹힌다.

규웅 (E)   안녕하세요, 어머니.

꾸벅 인사를 하고 고개를 드는 규웅의 앳된 얼굴을 가만히 쳐다보
며 인사를 받는 주희.

주희   그래, 규웅아. 요즘 공부하느라 힘들지?
혜지   공부? (웃으며) 노느라 힘들걸? 내 폰.

주희	(혜지를 쳐다보고 핸드폰을 건네며) 너네 둘, 동갑이지?
혜지	뭐래, 우리 중학 동창인 거 몰라?
주희	알지, 아는데, 혹시 규웅이 어디 아파서 입학 몇 년 늦었나 하고.

규웅이 주희에게 설명을 안 했는지 상황 파악이 안 되는 혜지.
아무 말도 못 하고 사색이 된 채 억지로 웃고만 있는 규웅.

혜지	고마워 엄마. 우리 갈게.
규웅	안녕히 계세요, 어머니.
주희	그래, 다음에 봐요, 규웅 오빠.
혜지	엄마, 그러지 마. 느끼해.
주희	(혜지를 보고 다시 규웅에게) 마음 변하면 안 돼.
규웅	(갑자기 진지해지며) 안 변합니다. 절대.
혜지	(규웅에게) 둘이 뭐 있었어?

의아한 혜지, 규웅을 쳐다보지만 얼굴만 새빨개진 채 꾸벅 인사하고 돌아서는 규웅.
사이좋게 돌아서서 가는 아이들을 바라보고 서 있던 주희, 아차 하고 혜지를 불러 세운다.

주희	서혜지! (멈춰서 돌아보자) 오늘 저녁 뭐 먹을까?
혜지	엄마 석이 아저씨랑 먹을 거 아냐? 나 오늘은 규웅이랑 먹고 들어가려고.
주희	그래? (손짓하며) 그럼 카드 받아 가.
혜지	(주희에게 달려오며) 아싸, 엄카 찬스.
주희	(지갑에서 카드를 꺼내 건네며) 뭐 먹을 거야?
혜지	수제 버거나 피자 먹어야겠다. 느끼하고 기름진 거 땡겨.
주희	안 돼. 규웅이 담백한 것 좀 먹여, 느끼한 거 말고.

평소와 달리 자꾸 알 수 없는 소리를 하는 주희를 보고 갸우뚱하는

혜지.
주희와 혜지 쪽을 바라보고 서서 여전히 어색한 웃음을 짓고 있는
규웅.

51.　　주희 집, 거실 / 저녁-밤

화장실에서 손 씻는 소리가 들리고 다시 탁자에 와서 앉는 주희.
그제야 아침에 벌려놓고 간 상태 그대로의 어질러진 식탁이 눈에
들어온다.
혜지가 한입 먹고 그대로 남긴 토스트를 들어 무미건조하게 씹던
주희, 눈물이 핑 돈다.
거실 창밖으로 보이는 해질녘의 풍경, 땅거미가 지기 시작한다.

Cut to: 시간 경과, 밤
불을 켜지 않아 컴컴한 주희 집 거실.
길게 펼친 창가 쪽 암체어에 웅크리고 있는 주희.
잠시 뒤 도어락 비밀번호 입력하는 소리가 들리고 혜지가 집으로
들어온다.

혜지　　다녀왔습니다.

신발을 벗고 방으로 가려던 혜지, 뭔가 이상했는지 시선을 돌려 주
희를 발견한다.

혜지　　(거실 등을 켜며) 엄마? 거기서 뭐 해?
주희　　(스르륵 일어나며) 왔어? 좀 피곤해서.
혜지　　들어가서 자. 청승맞게.
주희　　(방으로 들어가려는 혜지에게) 혜지야.
혜지　　응?

주희	우리 이사 갈까?
혜지	갑자기 왜?
주희	오래되기도 했고, 분위기도 좀 바꿔보고 좋잖아. 지금 집값도 잘 쳐준대.
혜지	난 지금 집 좋은데? 엄마 가고 싶으면 가든가.

대수롭지 않게 말하고 방으로 향하던 혜지, 갑자기 멈춰 서더니 홱 돌아선다.

혜지	(거실로 오며) 또 왔다 갔어?
주희	(아닌 척) 아니야.
혜지	누구 말하는 줄 알고?
주희	꼭 그것 때문만은 아니고.
혜지	이것 봐. 다녀갔네. 집 팔아서 돈 꿔달래?
주희	투자자 한 명이 갑자기 발을 빼서 급전이 필요하대. 금방 돈 불려준다고.
혜지	그 인간 말을 믿어?
주희	그래도 너 아빠잖아. 너도 이제 입시 준비해야 되고, 대학까지 생각하면 돈 들어갈 일 더 많을 텐데 내가 너무 생각 없이 살았나 싶더라.
혜지	우리 내쫓고 바람피운 년이랑 들어와서 살겠다고 소송까지 할 땐 언제고, 그거 지니까 이제는 집 팔아서 돈을 꿔달라고? 나쁜 새끼.
주희	그래도 너 아빤데 말버릇이 그게 뭐냐?
혜지	(점점 북받치며) 같이 욕할 땐 언제고?
주희	그거야……
혜지	아빠, 자기밖에 모르는 사람이야. 딸 위하는 척 엄마 쥐고 흔들어서 등골 빼먹으려는 거라고! 다시는 그 얘기 꺼내지 마.

말하고 방으로 들어가려는 혜지, 그제야 참고 아꼈던 말을 혼잣말처럼 꺼내놓는 주희.

주희	나라고 뭐 다른가.
혜지	뭐?
주희	너, 핸드폰.
혜지	갑자기 웬 핸드폰?
주희	왜 갖다달라고 전화 안 했어?
혜지	그거야……
주희	일부러 전화 안 한 거잖아. 엄마 매일 정신없고 바쁜 거 아니까.

어떤 반박도 하지 못하고 가만히 있는 혜지.

주희	가만히 생각해보니까 그게 너무 마음 아프더라? 우리 딸 일하는 엄마 신경 쓰느라 말도 못 하고, 얼마나 마음고생 심했을까.

북받치는 눈물을 더 이상 참지 못하는 주희, 다가와 주희를 껴안는 혜지.

혜지	엄마, 그런 생각 하지 마.
주희	미안해 혜지야.
혜지	왜 미안해하는데, 이렇게 멋있는 사람이 내 엄마라서 얼마나 자랑 스러운데.
주희	(몸을 떼고 혜지를 한 번 쳐다보고는) 너 뭔데? 왜 딸이 엄마 울리 는데?

다시 껴안고 엉엉 우는 주희와 혜지.

혜지	난 엄마처럼 살 거야. 이혼한 것만 빼고.
주희	(울다 말고 다시 몸을 뗀 뒤) 야, 잘 나가다 왜 이러는데?

서로 울다 말고 쳐다보며 '으응?' 하는 표정이 되는 주희와 혜지.

52.   2대 커피, 내부 / 밤

카운터에서 마무리 정리 중인 고비, 퇴근 준비를 마치고 가게를 나
서려는 박석.

고비	가세요?
박석	오늘도 고생했어. 내일 보자.
고비	그냥 가세요?
박석	그냥 안 가면?
고비	집으로 가시게요?
박석	그래야지?

'이거 답이 없네, 답이 없어' 하는 표정으로 한숨을 푹 내쉬던 고비,
주희의 보온병을 내민다.

고비	이거는요?
박석	아, 그거……
고비	갖다드리셔야죠.
박석	그래야 되나.
고비	(단호하게) 커피 채워놨습니다.

어색하게 보온병을 받아 들고 가게를 나서는 박석, 고개를 절레절
레하는 고비.

53.   주희 집, 마당 / 밤

주희 집 마당, 거실 창 앞에 놔둔 의자에 어색하게 앉아 있는 박석
과 주희.

박석	혜지는, 자?
주희	모르지, 자는 척을 하는 건지. (박석을 슥 보고)
	보온병 핑계 대고 찾아올 줄도 알고 박석, 많이 늘었다?
박석	(고비 때문이란 말은 못 하고) 아니, 뭐……
주희	애인 전남편이 일부러 찾아와서 약을 살살 올리는데도 잘 참으시
	데?
박석	(어색하게 웃으며) 평정심 잃으면 커피 내리는 데 도움이 안 되니까.
주희	하긴, 그게 박석 매력이지.
	(상상을 해보며) 포터필터로 뚝배기 깨고 이런 건 그림이 안 그려져.

알고 하는 말인가 싶어서 슥 처다보고는 그건 아닌 듯하자 더 어색하게 웃는 박석.

박석	아무것도 못 하고, 미안해.
주희	그 인간 만나고 다시 가려다가 부끄러워서 못 간 거야. 오해 마세요.

보온병 뚜껑에 커피를 따라 주희에게 주는 박석.

주희	(커피를 마시며) 어쩌다 보니 이게 오늘 첫 잔이네.
	근데 이번 커피는 맛이 좀 특이하다. 보온병에 담아 와서 그런가?
박석	그래?
	(보온병을 들어 커피를 맛보고는 낮은 탄식과 함께) 고비야……

Cut to: 2대 커피, 내부 / 밤
카운터에서 홀로 핸드드립을 연습 중이던 고비, 갑자기 귀가 가려운 듯 긁는다.

Cut to: 주희 집, 마당 / 밤
신기하다는 듯 커피를 맛보며 궁리 중인 박석과 주희.

박석	이게 향이, 좀 익숙한데.
주희	(갑자기 생각난 듯) 아이고, 내 정신. 지난번에 혜지랑 떡볶이 사다 먹을 때 오뎅 국물 담아 와놓고 씻지를 않았네.
박석	아, 아…… 괜찮아. 그럴 수도 있지. (커피를 들이켜며) 맛있네, 맛있다.
주희	(박석을 제지하며) 됐어, 그만 마셔.
박석	진짜야. 보온병에 담아 마셔본 커피 중에 제일 맛있어.

커피를 내려놓고 손을 꼭 잡는 두 사람.

제5화

나를 잊지 마세요

❶

"나는 내 인생 빛이라고 믿으니까."

54.　동네 몽타주 / 오전-낮

선명하지만 화면 질감은 조금 쨍한, 캠코더 영상으로 스케치한 동네 모습.
산책하는 사람 시점을 따라 이동하면서, 때론 멈춰서 가만히 바라보는 일요일 오전의 풍경들.

동네의 터줏대감처럼 자리하고 있는 오래된 가옥과 건축물들.
중장비가 움직이고 있는 공사 현장.
놀이터에서 뛰어노는 아이들과 벤치에 앉아 쉬면서 한담을 나누는 노인들.
강아지를 데리고 산책 나온 사람들과 운동복을 입고 조깅을 하는 젊은이들.
햇볕을 쬐며 사이좋게 그루밍을 해주는 길고양이들과 비명을 지르며 싸우는 길고양이들.
바람에 하늘거리는 나뭇잎들을 올려다보자 그 틈새를 뚫고 들어오는 햇빛의 산란.

55.　2대 커피, 내부 / 낮

'정기휴일'이라는 표지판이 붙은 2대 커피 출입문.
핸드드립을 연습 중인 고비.

잠시 뒤, 가게 문을 열고 들어오는 박석.
서로 쳐다보고 놀라는 두 사람.

고비 안 쉬고 나오셨어요?
박석 내가 할 소리 아닌가.
고비 (주전자와 서버를 가리키며) 저야…… 샘플 로스팅하시게요?
박석 아니, 쉬러 나왔는데.
고비 네?

들고 온 시집 한 권을 흔들며 창가 자리를 가리키는 박석, 그제야
이해한 고비.

박석 일주일에 하루 정도는 나도 호사를 누려야지.
    (핸드드립 중인 커피를 보고) 다 된 거야?
고비 (창가 자리에 가서 앉는 박석을 보고) 아, 네!

내린 커피를 잔에 옮겨 담는 고비와 창가로 가서 앉는 박석.

Cut to: 시간 경과
잔에서 입을 떼고 받침대에 내려놓는 박석, 반응을 살피는 고비.
처음으로 창가 자리에 마주 앉아 각자 커피 한 잔씩 마시며 대화를
나누는 두 사람.

박석 나쁘지 않네.
고비 (웃으며) 좋다는 말도 아니신 걸로.
박석 짧은 기간에 많이 늘었어.
고비 죽도록 노력해야죠.
박석 죽으려고? 그러면 그게 커핀가 사약이지.
고비 무슨 말인지 아시면서.
박석 그만큼 빨리 지치기도 쉽다는 말이야.

고비	네?
박석	일을 잘하기 위해서라도 쉬어야지. 후각, 미각은 특히나 피로에 취약한데.
고비	그래서 그랬나. 에스프레소 머신이랑 그라인더 세팅 값 때문에 씨름했을 때, 연달아 마시니까 나중엔 이게 그거고 그건 또 이거 같아서 혼란스러웠어요.

고개를 주억거리며 생각에 잠기는 고비를 보고 씩 웃는 박석.

고비	근데 그건, 사장님같이 일가를 이룬 분이나 할 수 있는 말 아닐까요?
박석	응?
고비	후각, 미각이 아무리 멀쩡해도 쌓인 데이터가 있어야 비교하고 판단을 하죠. 저 같은 막입 막코는 일단 물량공세로 때려 부어서 얻는 게 있다고요.
박석	일리 있네. (생각에 잠긴 채 커피를 한 모금 마시고) 물줄기.
고비	네?
박석	(주전자를 들고 물줄기 돌리는 시늉을 하며) 조금 더 차분히, 물줄기 가늘게 만들어서 한 잔 더 내려봐.
고비	(얼떨떨하게) 네? 네.
박석	(바로 일어서려는 고비를 만류하며) 천천히. 잠깐 앉았다가, 점심부터 먹고.

가만히 앉아 잠깐의 여유를 즐기는 박석과 고비.

56. 베트남 식당, 내부 / 낮

아이의 시각으로 특이하게 그려진 엄마에 대한 그림.
출입구를 등지고 앉아 그림을 보며 생각에 잠긴 미나, 미나를 쳐다보고 있는 미취학 아동 한.

한	누나 무슨 생각 해?
미나	(그림에서 눈을 떼지 않고) 한인 이런 생각을 어떻게 했을까? 생각 중.
한	(뭐가 어렵냐는 듯) 생각 안 해. 그냥 그려.

점심러시가 끝난 식당 내부, 주방에서 한의 엄마 미진이 간식을 들고 나온다.
미나와 한이 앉아 있는 테이블에 내려놓는 미진.

미진	(베트남어로 한에게) *Nếu tôi ăn một mình, tôi đau bụng.* (혼자 먹으면 배탈 나.)
한	엄마, 누나 못 알아듣잖아. (미나에게) 누나 혼자 먹으면 배탈 난대요.
미나	(미진에게) 사이좋게 나눠 먹을게요.
미진	(미나에게) 맛있게 드세요.

미나에게 인사를 하고 주방으로 돌아가서 설거지를 하는 미진.
뒤쪽 테이블에서는 30대 베트남 남성 꽝이 쌀국수를 먹고 있다.
남은 테이블에 쌓여 있는 접시들이 장사 잘되는 집임을 짐작게 한다.
잠시 뒤, 가게 문을 열고 매장으로 들어서는 박석과 고비.

미진 (E)	박사장님 안녕하세요.
박석	(주방을 보고 인사하고 주변을 둘러보며) 전쟁 한바탕 치르셨네. (고비를 가리키며) 여긴 우리 신입 직원, 강고비.
고비	안녕하세요.
미진 (E)	안녕하세요.

혼자 먹으면 배탈 나

가볍게 인사하고 매장 안으로 들어오는 박석과 고비.

박석	(미나를 보고) 어? 미나씨도 있었네.
미나	(박석과 고비를 보고 놀랐다가 반갑게) 어? 안녕하세요.
고비	식사하러 오셨구나. (한과 그림을 보고) 아, 그림 레슨?
미나	네? 네.
고비	재능기부 하시는 거예요?
미나	네? 제가 배우는 건데요?

아리송한 채로 박석을 따라 자리에 가서 앉는 고비.
주방에서 나온 미진, 메뉴판을 들고 와 건네며 테이블 정리를 한다.

박석	(고비를 보고) 나는 민물게국수.
고비	(메뉴판을 보며) 저는, 반미 먹겠습니다.
미진	(손으로 X 표시를 하며) 반미 다 팔렸어요.
고비	(웃으며) 고민 중이었는데, 그럼 저는 분짜로 주세요.
미진	감사합니다.

미진이 주문을 받아 주방으로 돌아가자 다 먹고 일어난 꽝이 카운터 쪽으로 이동한다.
미나와 한의 테이블에 잠시 멈춰서 한의 머리를 쓰다듬는 꽝.

꽝	(한에게 베트남어로) Tôi sẽ đi. Tạm biệt. (아저씨 갈게, 안녕.)
한	안녕히 가세요.

미나와도 가벼운 눈인사를 한 뒤 입구 쪽 카운터로 향하는 꽝.
주방의 미진과 친근하게 고향 얘기를 나누는 꽝.
주방에서 나온 미진이 꽝과 함께 가게 밖으로 따라 나가 꽝을 배웅한다.

| 고비 | (꽝 쪽을 지켜보던 고비) 여기 베트남분들도 많이 오시나 봐요. |
| 박석 | 집 떠나면 고향 사람, 고향 음식 그립잖아. 어딜 가든 똑같지. |

Cut to : 시간 경과
테이블 위로 올라온 민물게국수와 분짜.
열심히 먹는 박석과 고비의 모습.

57.   상점가 / 낮

점심을 먹고 가게 밖으로 나와 걸으면서 대화를 나누는 박석과 고비.

고비	(만족스럽게) 장사 잘되는 이유를 알겠네요.
박석	처음부터 잘된 건 아니야.
고비	맛이 바뀐 건가?
박석	음식은 원래 맛있었고.
고비	그런데요?
박석	지역상인들 텃세.
고비	헐.
박석	입소문 타면서 장사 좀 될 만하니까 자기네 손님 뺏어간다고 말도 안 되는 이유로 구청에 투서 넣고 별점 테러하고 그랬지.
고비	사람들 진짜. 외국인이라고 그런 거예요?
박석	(고비를 쳐다보고) 아니? 원래 그래. 가족 사이에도 안 봐주는 세계니까.
고비	무서운 요식업의 세계. 근데 어떻게 버티셨을까?
박석	어떻게가 어딨어? 그냥 버티는 거지. '언젠간 알아주겠지' 하면서.

베트남 식당 얘기를 하면서 자기 얘기를 하는 듯한 박석의 표정을
살피는 고비.

박석	여기 상인들 다 저 집에 고마워해야 돼.
고비	네? 왜요?
박석	저 집 앞에 손님이 줄을 서면서 저물던 이쪽 상권이 다시 살아났거든.
고비	와, 반전 드라마네.

고비는 물론, 알고 있는 얘기를 하면서도 흐뭇한 표정의 박석.

58.　　커피 자판기 앞 / 낮

주택가 삼거리 골목, 조금 뜬금없어 보이는 주택 앞 담벼락에 서 있는 자판기.
자판기 앞을 왔다 갔다 하며 자판기를 흔들고 두드리는 사람, 앞서 등장했던 꽝이다.
멀리서 걸어오다 꽝의 모습을 발견하는 고비.

고비	어? 아까 식당에서 먼저 나간 손님인데.
박석	동전 먹었나 보네.
고비	기계 부수겠네.

인상을 쓰며 잰걸음으로 꽝 쪽으로 다가가는 고비.
자판기 쪽과 고비를 번갈아 쳐다보더니 뒤따르는 박석.

고비	(꽝을 만류하며) 스탑, 스탑.

행동을 멈추고 고비를 쳐다보는 꽝.

고비	캔 유 스픽 잉글리시?
꽝	(잠시 더 쳐다보다) 저 영어 못해요.

고비	(당황하며) 한국말 할 줄 아세요?
꽝	그럼요.
고비	그럼, 한국분?
꽝	아니요. 저 베트남 사람인데요.
고비	아, 아……
꽝	아버지는 한국인이고요.
고비	아, 아……

계속 당황하는 고비. 뒤따라와 상황을 파악한 박석.

박석	(목례를 하며) 기계가 안 되나 보죠?
꽝	아무 생각 없이 동전부터 넣었는데 꺼져 있어서요.

자판기 왼쪽 파란 대문 집 문을 두드려보고 대답이 없자 오른쪽 집
으로 가보려는 고비.

꽝	벌써 가봤어요. 모르신대요.
고비	(다시 돌아오며) 아…… 그럼, 저 동전 있는데 그거라도 드릴까요?
꽝	왜요?
고비	동전 때문에, 이러시는 거……
꽝	커피 마시고 싶어서 이러는 건데, 돈은 있어요.
박석	저희 가게로 가실래요? 저도 카페 하는 사람인데, 한 잔 대접하겠습니다.
꽝	아니요, 괜찮습니다.
고비	바로 근처니까 너무 어려워 마시고……
꽝	(단호하게 자르며) 아니요. 싫어요.
고비	자판기 커피 좋아하시나 보다.
	(잠시 생각을 하다) 저기 굴다리 너머에 하나 더 있었던 것도 같은데.
꽝	거긴 맛없어요.
박석	(웃으며) 자판기 커피라고 다 같은 맛은 아니죠.

꽝	마지막으로 여기 커피 마시려고 왔거든요.
고비	마지막이요?
꽝	고용허가 연장 끝나서 내일 한국 떠나요. 꽝이라고 합니다.
박석	박석이라고 합니다.
고비	강고비입니다.

얼결에 통성명을 하고는 핸드폰을 꺼내 드는 박석.
고비는 기계 옆에 붙은 관리자 스티커를 확인한다.

고비	관리자 번호도 다 지워졌네.
박석	(귀에 핸드폰을 댄 채로) 번호는 내가 알아.

황당하게 박석을 쳐다보는 고비와 꽝.

59. 커피 자판기 앞 / 낮

'쾅' 하고 닫히는 자판기 커버와 함께 모습을 드러내는 자판기의
주인, 감자탕 집 황사장이다.

황사장	(웃으며) 요새 자기 돈 내고 자판기 커피 빼먹는 사람이 어딨어? 그래서 철거하려고 꺼냈지.
꽝	동전도 바꿔 왔는데.
황사장	나 먹여 살린 귀인을 드디어 만났네. 고맙수다.
꽝	감사합니다.
황사장	재료 새로 채우고 동전 없이도 나오게 세팅까지 바꿨으니까 원 없이들 자셔.
꽝	(황사장을 보고) 근데, 맛 바뀐 거 아니죠?
황사장	걱정 붙들어 매셔. 재료도 그대로고 배합은 한 번도 바꾼 적 없어.
박석	(돌아서는 황사장에게) 황사장님도 한 잔 하고 가시죠.

황사장	가게 좀 보고. 이따 와서 나도 한 잔 해야지. 마지막인데.
고비	따끈따끈하게 한 잔 뽑아놓겠습니다.
황사장	말도 이쁘게 한다. 자네 감자탕엔 관심 없나?
고비	(영문을 모르고) 엄청 좋아하죠.
박석	(고비에게) 스카웃 제의야.

대놓고 거절은 못 하고 어색하게 웃는 고비, 장난을 쳐놓고 귀엽게
웃는 황사장.

황사장	내가 한때 박사장 속 많이 태웠지.
박석	별말씀을요.
황사장	사람 인생, 알다가도 모를 일이야.

혼잣말하듯 말하고는 왔던 길을 돌아가는 황사장, 꾸벅 인사하는
박석.
때마침 들리는 자동차 경적 소리.
경차 운전석 차창을 내리고 박석에게 알은체하는 사람, 부동산 사
장 남사장이다.

남사장	황사장님 고물상에 넘긴다더니, 결국은 박사장이 인수한거?
박석	인수는 안 했고요. 팝업스토어 차렸습니다.
고비	팝업스토어는요……
남사장	(말을 끊으며) 알아, 나도. 설명 안 해도 돼. 오늘만 하는거?
고비	(머쓱해서 웃으며) 네, 한 잔 하고 가세요. 공짜예요.
남사장	공짜, 좋지. 나 손님 모시러 가는 길이니까 집 좀 보고 이따 들를게.

말하고 사라지는 남사장의 차.

60.   커피 자판기 앞 / 낮

자판기 앞에 서 있는 박석, 고비, 꽝.

박석	첫 잔은 꽝씨 거?
고비	그럼요. (꽝에게) 뭐 드실 거예요?
꽝	밀크 커피요.

'밀크 커피' 버튼을 누르는 꽝의 손가락.
이윽고 '딸깍' 하며 토출구에 종이컵이 꽂히고 '위잉' 하며 추출된
커피가 종이컵에 담긴다.
토출구 덮개를 열고 종이컵을 빼는 꽝의 손.
드디어 자판기 커피를 받아 든 꽝, 종이컵을 입으로 가져간 뒤 천
천히 음미하며 마신다.

꽝	(수줍은 듯) 이 맛이에요.

덩달아 기분 좋은 표정으로 꽝이 커피 마시는 모습을 지켜보는 박
석과 고비.

꽝	(손을 들어 방향을 가리키며) 저기랑 저 뒤쪽, 제가 지은 건물들이에요.
박석	건설현장에 계셨었구나.
꽝	점심 먹고 쉴 때 혼자 돌아다니다가 여기 발견했거든요. 일은 힘들고 너무 외로웠는데 여기 커피 마시면서 하루하루 버텼어요. (자판기를 만지며) 덕분에 내일 무사히 베트남 돌아갑니다.
고비	(칭찬하듯 자판기를 토닥이며) 큰일 하셨습니다.
꽝	(박석과 고비에게 꾸벅하며) 마지막으로 마시게 해주셔서 감사합니다.

박석	꽝씨도 큰일 하고 떠나시네요. (고비를 보고) 고비는 뭘로?
고비	저는, 괜찮습니다.
꽝	여기 커피 진짜 맛있어요. 드셔보세요.

웃으며 거절하는 고비를 슥 보고 자기 마실 밀크 커피 버튼을 누르는 박석.

61.   거리 / 낮

1신에 등장한 캠코더 시점으로 보이는 거리의 풍경.
한적한 일요일 오후의 주택가를 지나 저 멀리 자판기가 나타나자 멈춰 서는 카메라.
자판기 앞에 모여 있는 사람들.
박석, 고비, 꽝, 황사장, 남사장, 가원이다.

초소형 캠코더를 내려놓고 가만히 저쪽을 쳐다보는 사람, 미나다.
갸우뚱하며 자판기 쪽으로 향하는 미나.

62.   커피 자판기 앞 / 낮

고비를 빼고는 종이컵 하나씩 들고 가원이 챙겨 온 빵까지 하나씩 들고 모여 있는 사람들.
자판기 옆에 놓여 있는 의자 두 개에 앉아 있는 황사장과 남사장 주변으로 사람들이 서 있다.
종이컵을 들고 얘기를 듣고 있는 미나에게 빵 봉투에서 꺼낸 빵을 건네는 가원.
자판기에 가서 밀크 커피를 한 잔 더 뽑아 들고 얘기를 가만히 듣는 꽝.

고비	(황사장에게) 여기 자판기 두실 생각은 어떻게 하셨어요?
가원	저도 궁금했어요. 분위기는 좋은데 뭔가 생뚱맞은 것도 같고.
황사장	좀 그렇긴 하지? 그런데 삼거리 한가운데라 사람들 오며 가며 한 잔씩 빼먹을 거 같더라고.
남사장	에헤이, 이 누님 큰일 나실 누님이네. 자판기 어디 둘지 고민하실 때 여기라고 딱 점지해준 사람이 난데.
황사장	그랬나? 하도 오래된 얘기라 기억이 가물가물하다.
남사장	파란 대문 집에 얘기해서 전기 따온 게 나잖아요.
황사장	공치사는.
박석	남사장님은 좋은 일 하시고, 황사장님은 돈 많이 버시고, 그럼 됐죠.
남사장	덕분에 박사장은 피 봤고.
황사장	그 생각 하면 항상 미안하지.
박석	(웃으며) 한잔 하시죠.

박석이 내민 종이컵에 건배하는 황사장, 남사장.
빵을 입에 물고 얘기를 가만히 듣던 미나가 입을 연다.

미나	자판기에 얽힌 얘기도 엄청 많겠어요.
황사장	아이고, 그거 얘기하려면 날밤을 꼬박 새워도 모자랄걸?
남사장	늘어놓자면 끝도 없는데, 하나만. 가끔 그런 손님들이 있어요. 어떤 집이랑 딱인 사람들. 근데 당사자도 마음에는 든다면서 결정을 안 해. 어느 놈이 가져가든 수수료야 똑같으니 나야 상관없지. 그런데 또 업자로서 어울리는 사람이랑 맺어주고 싶은 마음도 생기는 법이라고. 그럴 때 '커피 한잔 할까요?' 하고 여기, 자판기로 데려와서 한잔 쏴버려. 그리고 잠깐 말미를 준 후, '그 집, 놓치면 후회하실 텐데. 그만 가시죠' 하면 신기하게 바로 계약이 성사되더라니까.

남사장이 얘기를 하는 중간부터 가방에서 캠코더를 꺼내놓고 있던

미나.

| 미나 | 죄송한데, 다시 한번 말씀해주실 수 있으세요? |
| 남사장 | 이 얘길? 왜? |

63.   인터뷰 몽타주 / 낮

미나의 캠코더 영상으로 담기는 사람들의 인터뷰 영상.
자판기 맞은편 목욕탕 굴뚝이 보이는 골목을 배경으로 저마다의
추억을 펼쳐놓는다.

남사장 인터뷰.

| 남사장 | (앞서와 달리 어색하고 딱딱하게) 가끔, 그런, 손님들이, 있습니다. 있지요.
(안 되겠다는 듯이) 아, 이거 어렵네. |

꽝 인터뷰.

꽝	(카메라를 보고 어색하게 웃으며) 제 얘기는 여기까지입니다. (카메라 밖 미나를 보고) 근데 이거 어디 나가는 건가요?
미나 (E)	글쎄요, 아직은……
꽝	이런 거 하면 하고 싶은 말도 하고 그러던데.
미나 (E)	아, 하고 싶은 말씀 하셔도 돼요.
꽝	(카메라 밖 미나를 보고) 마지막 현장 반장님한테 인사도 제대로 못 드렸거든요. (목청을 가다듬고 카메라를 본 뒤) 성배 형님, 저 꽝이에요. 다음에 들어오면 꼭 찾아뵐게요. 감사합니다. 건강하세요.
미나 (E)	한국, 다시 올 계획이세요?
꽝	저, 실은 아버지 만나러 한국 온 건데 못 찾아서요.

다시 오고 싶어요.
많이 힘들었지만, 좋은 사람들도 만나고 재밌는 일도 많았고요.

미나 (E)　하나만 얘기해주실 수 있으세요?
꽝　한국 사람들 자꾸 '꽝 인생 꽝이네' 하면서 웃어요. 처음엔 칭찬인
줄 알았어요. 베트남어로 꽝, 빛이거든요. 인생이 빛이라니, 아름답
잖아요. 그런데 한국말 꽝 조졌단 뜻이란 거 알고 화 좀 났어요.
(웃으며) 그런데 이젠 괜찮아요. 나는 내 인생 빛이라고 믿으니까.

황사장 인터뷰.

황사장　시어머니가 남편 내조는 안 하고 밖으로 나돈다고 엄청 타박하셨
거든. 밥장사해서 번 푼돈 얼마나 되냐고. 근데 그 푼돈으로 기운
집을 일으켜버린 거라. 그러니까 그땐 또 돈 좀 벌었다고 남편 기
를 죽이네 살리네, 환장할 노릇이지. 그럴 때마다 동네 하나뿐인
자판기 찾아가서 커피 한 잔씩 뽑아 먹은 거야. 그러면서 화를 삭
였지.

가원의 인터뷰.

가원　자판기 커피에 대한 추억이라? 저는 오늘 처음 마셔봤는데요?
(웃으며) 나는 해당 사항이 없어. 언니 해요.

카메라 앞을 스쳐 지나는 가원, 화면이 떨리더니 꺼진다.

고비의 인터뷰.

고비　자판기 커피에 대한 추억은 없고…… 이것도 되려나?
어렸을 때 몸이 약해서 병원을 자주 다녔는데 겁까지 많아서 병원
문 앞만 가도 울었어요. 그때마다 엄마가 병원 앞 자판기에서 우유
를 뽑아주셨는데, 그냥 우유 아니고 분유 있잖아요. 달달한 거. 나

중엔 그거 먹으려고 아프다는 거짓말을 자주 했어요. 엄마 억장 무너지는 줄도 모르고.
(눈물이 핑 돌지만 부끄러운 듯 이내 웃으며) 아, 갑자기 엄마 보고 싶네.

박석의 인터뷰.

박석   (카메라를 보고 손사래를 치며) 별로 할 말이 없어요.
고비 (E)   (목소리만) 그래도 한 마디 하셔야죠.
박석   하나 마나 한 옛날 얘긴데 뭘.
고비   (화면에 불쑥 얼굴을 내밀며) 잠깐만요, 제가 설득해보겠습니다.

캠코더가 꺼진다.

64.   거리 / 늦은 오후

동네 골목길을 걷고 있는 미나와 가원.
앞서가는 미나, 핸드폰 카메라로 폐의류 수거함과 뒹구는 쓰레기들, 흩어진 꽃잎들을 찍는다.
뒤에서 천천히 따라오는 가원, 미나의 캠코더 뷰파인더를 펼친 채 녹화 영상을 보고 있다.

캠코더 영상으로 보이는 미나의 인터뷰.
어색하게 카메라 화면 앞에 선 사람, 미나다.

가원 (E)   자판기 커피와 관련한 추억이 있으신가요?
미나   (망설이며) 음⋯⋯
가원 (E)   언니도 없죠? 우린 자판기 커피 세대가 아니라니까.
미나   나는 있긴 한데.

가원 (E)	여기서 드러나는 세대 차이. 그러면 말씀해주시죠.
미나	민지라고 고딩 때 절친이랑, 독서실 다니면서 많이 마셨죠.
	자판기 커피가 잠 깰 땐 최고래서.
가원 (E)	정말 잠이 안 오던가요?
미나	네. 하라는 공부는 안 하고 밤새 수다만 떨었지만요.
가원 (E)	수다는 우리의 힘이죠.
미나	(코끝이 빨개지며) 그쵸.
가원 (E)	언니?
미나	그때 그 장면은 또렷한데, 무슨 얘길 했는지 기억이 안 나요.
가원 (E)	에이, 만나서 물어보면 되지.

잠시 고개를 숙이고 있다가 고개를 드는 미나, 눈시울이 붉어진다. 뭔가 더 말하려고 하는데 갑자기 꺼지는 캠코더 영상.

어느 순간 다가와 캠코더 뷰파인더를 덮은 사람, 미나다. 쑥스러운지 뷰파인더를 덮고는 다시 앞서가는 미나를 쳐다보는 가원.

가원	(달려가며) 언니, 같이 가요!

골목에 쪼그려 앉아 핸드폰을 들이대고 있는 미나에게 달려가는 가원의 뒷모습.

65. 커피 자판기 앞 / 늦은 오후

자판기 옆에 놓인 종이컵들을 차곡차곡 쌓고 있는 고비와 주변 정리 중인 박석.

고비	(박석을 흘낏 보고) 많이 드시데요?

박석	세 잔 마셨나?
고비	네 잔이거든요.
박석	그거 세느라 안 마셨구만. (고비를 슥 보고)
	2대 커피 사장이 자판기 커피 마시니까 좀 없어 보였어?
고비	커피 맛에 그렇게 까다로우신 분이, 의외의 친화력 때문인가.

정리를 마치고 아까 황사장과 남사장이 앉았던 의자에 앉는 박석.

박석	의외의?
고비	대놓고는 아니죠.
박석	아까 황사장님이랑 남사장님이 나한테 미안하다고 하셨잖아.

정리를 마치고 박석 옆 하나 남은 의자에 와서 앉는 고비.

고비	맞아요. 그거 여쭤보려고 했는데.
박석	2대 커피 오픈하고 얼마 안 됐을 때 얘가 여기 나타난 거야. 이기 겠다는 마음만으로 커피 만들던 시절인데 내 가게엔 파리만 날리고 이 앞은 동네 사랑방이 돼서 사람들이 바글거리니 용납이 되겠어? 대체 얼마나 맛있길래, 궁금하긴 한데 또 자존심은 있어서 한참을 망설이기만 하다가 어느 늦은 밤, 몰래 와서 마셔본 거야. 처음으로.
고비	어떠셨어요?
박석	맛있더라.
고비	(박석을 쳐다보고) 끝이에요? 전문가의 언어를 좀 동원해주시죠.
박석	(고비를 한 번 보고) 배합도 좋았지만 그 이상이 있더라고. 자판기 앞이라는 공간, 그리고 여기에 모이는 사람들. 그 순간 내 자신이 이상하게 초라해 보이면서 부끄러워지대. 이기는 커피가 아니라 함께하는 커피라는 인생의 화두를 여기서 맞닥뜨릴 줄 누가 알았겠어.

자리에서 슥 일어나 자판기 앞으로 가더니 밀크 커피 한 잔을 뽑아 다시 의자에 앉는 고비.
고비가 커피를 뽑아와 한 모금 마실 때까지 가만히 쳐다보고만 있는 박석.

고비   (종이컵을 입에서 떼고 한 번 쳐다보며) 사장님 썰에 말린 건가, 맛있잖아.

박석을 쳐다보지 않고 커피를 홀짝이는 고비를 보고 씩 웃는 박석.

66.   동네 몽타주 / 늦은 오후-저녁

미나의 캠코더 영상으로 펼쳐지는 늦은 오후의 동네 풍경들.
1신과 같은 공간들이지만 늦은 오후의 빛에 움직임도 사라진 상태다. 1신과 반대 순서로 공간들을 소개한 뒤 마지막으로 자판기의 이미지가 등장하며 마무리된다.

바람이 잦아들자 미동도 없이 가만히 있는 나뭇잎들.
고양이들이 떠난 길바닥.
강아지를 데리고 산책 나온 사람도 조깅하는 사람도 없는 산책로.
텅 빈 놀이터와 텅 빈 벤치.
공사를 멈춘 공사 현장.
오래된 건물들 사이에 들어선 신축 건물들.
박석과 고비까지 떠난 뒤 홀로 자리를 지키고 있는 커피 자판기와 의자 두 개.

제6화

웨이터

◊

"우리는 모두 기다리는 사람들."

67. 2대 커피, 내부 / 낮

텅 빈 매장 안.
카운터 앞에 서 있는 흐리멍덩한 표정의 고비.
평소와 달리 멍해 보이는 고비를 걱정스럽게 쳐다보면서도 내색은
안 하는 박석.

박석   점심 먹어야지. (아무 대꾸가 없자) 고비야.
고비   (그제야 쳐다보며) 네?
박석   점심 안 먹어?
고비   네, 먹어야죠. 가시죠.
박석   (가만히 쳐다보며) 가시죠? 그럼 가게는 누가 보고.
고비   아, 아…… 저는 지금 생각이 없네요. 사장님 먼저 다녀오세요.
박석   그래? 알았다.

더 이상 말을 안 하고 앞치마를 벗는 박석, 쇼핑백 하나를 챙겨 들
고 가게를 나선다.

68. 베이커리 카페, 외부 / 낮

거리를 걷고 있는 박석과 주희, 점심을 먹으러 동네 베이커리 카페
로 향하고 있다.

주희	오늘 점심러시 장난 아니었나 보네.
박석	안 바빴어.
주희	그런데 왜 고비씨 넋이 나가?
박석	안 바빠서.
주희	이건 또 뭔 소리래?

그런 게 있다는 표정으로 어깨를 으쓱하는 박석.
때마침 베이커리 카페 앞에 당도한 두 사람, 가게 문을 열고 들어간다.

69. 베이커리 카페, 내부 / 낮

테이블 하나뿐인 아담한 베이커리 카페, 카운터 뒤쪽에 베이킹 공간이 바로 붙어 있다.
식사 빵부터 디저트 종류까지 다양한 진열대, 구석엔 2대 커피의 원두 봉투도 보인다.
카운터를 지키고 있던 김사장, 박석과 주희를 보고 반갑게 인사한다.

김사장	어서 오세요. (주희를 보고) 김쌤, 오랜만이에요.
주희	(웃으며) 그러게요, 김사장님도 잘 지내셨죠?
박석	(쇼핑백을 건네며) 이거 드리러. 쿠키는 가져온 봉투에 담아주세요.
김사장	(쇼핑백 속 원두를 꺼내며) 제가 내일 오전에 받으러 가려고 했는데.
주희	납품 겸 점심도 먹으려고요.
김사장	아, 그럼 쿠키는 가실 때 드릴게요.
박석	그때 문제는 해결됐어요?
김사장	네, 알려주신 대로 그라인더 날 바꾸니까 맛이 다시 돌아오더라고요.
주희	겉보기엔 별문제도 없는데 그게 맛에 영향을 미치나.
김사장	그러니까, 쉬운 게 없어요.
박석	오래 보다보면 보이는 게 있죠.

주희   (박석을 쳐다보며) 난 안 보이던데.

Cut to: 시간 경과
테이블 위에 놓이는 샌드위치와 샐러드.

김사장   맛있게 드세요.
박석   감사합니다.
주희   잘 먹겠습니다.

테이블 하나를 차지하고 앉아 있는 박석과 주희.

박석   (카운터로 이동하는 김사장을 보고) 가원이는 요즘도 열심히 해요?
김사장   한결같죠.
주희   다행이다. 한때 방황해서 사장님 걱정이 크셨는데.
김사장   저요? (웃으며) 걱정 안 했는데?
주희   에이, 하셨으면서.
김사장   아주 잠깐? 그런데 내가 해줄 수 있는 게 있어야지.
        아니다 싶으면 빨리 관두는 게 나아요.
주희   (박석을 쳐다보며) 두 분, 은근 비슷한 구석이 있으셔.
박석   (갸우뚱하는 김사장을 쳐다보고) 김사장님이랑 내가?
주희   오래 보다보면 보이는 게 있거든요.

박석이 한 말을 바로 돌려주고 음식을 먹는 주희를 쳐다보는 박석.

주희   (박석을 쳐다보지 않고 음식을 먹으며) 맛있어. 우선 좀 드세요.

70.   2대 커피, 안팎 / 낮

점심을 먹고 쿠키가 담긴 쇼핑백을 들고 가게로 향하는 박석과 주희.

주희	그래서, 어떻게 할 건데?
박석	내가 뭐 할 수 있는 게 있나. 본인 스스로 극복해야지.
주희	이거 봐, 이거 봐. (멈춰 서며) 잠깐!
박석	(같이 멈춰 서며) 글감 떠올랐어?
주희	아니, 가원이가 예전부터 콜라보 메뉴 한번 만들어보자고 졸랐잖아. 그쪽 분이 대차게 까서 성사는 안 됐지만.
박석	대차게까지는……
주희	아이, 그게 그거야. 어쨌든 그거, 고비씨 시켜보면 어때?
박석	(괜찮다는 표정으로 생각하다가) 아니? 아닌 거 같은데?
주희	(먼저 가게로 들어가는 박석을 보고) 말이랑 표정이 왜 따로 노는데?

말하면서 박석을 따라 가게 안으로 들어가는 주희.

주희	(평소와 달리 멍한 고비의 표정을 살피며) 고비씨? 안녕.
고비	(무미건조하게) 오셨어요.
박석	(쿠키를 진열하며) 밥 먹고 와.
고비	주희쌤 커피 내리고 다녀올게요.
주희	오늘은 라떼로 부탁합니다.

고비의 표정을 살피는 한편, 박석에게 계속 눈치를 주며 말을 이어가는 주희.

주희	다들 어디 단체로 휴가를 가셨나, 요즘 손님 없어도 너무 없네.
고비	그러게요.
주희	매상 안 올라서 걱정돼?
고비	아니요?
박석	너무 단호하다.
주희	사장님 할 말 있으신 거 같던데.

당황해서 주희를 쳐다보는 박석, 말씀하시라는 표정으로 박석을
쳐다보는 고비.

박석   (잠시 생각을 하다가) 신메뉴, 한번 만들어볼래?
고비   신메뉴요? 제가요?
박석   안 될 거 있나?
고비   (주희 앞에 머그잔을 내려놓으며) 맛있게 드세요.
           (앞치마를 벗으며) 점심 먹으면서 생각해볼게요.
주희   고비씨, 오늘 점심은 뭐 먹을 거야?
고비   글쎄요.
박석   남 먹는 게 그렇게 궁금해?
주희   우리 어제 점심에 먹은 떡볶이, 그거 맛있었잖아.
박석   그래, 너 떡볶이 좋아한다며? 학교 앞에 거기, 맛있더라.
고비   점심으로 떡볶이를요?
박석   안 돼?
고비   영업시간에 맵고 자극적인 음식을 드셨다고요?
주희   저 사람 점심으로 불짬뽕도 자주 먹는데?
고비   저는 영업시간엔 김치도 안 먹는데, 놀랍네요.

말하고 가게를 나서는 고비.
그런 고비를 쳐다보다 눈빛 교환을 하는 박석과 주희.

박석   저런 건 어디서 배웠지?

박석을 가만히 쳐다보는 주희.

박석   나는 아니야.

71.   고등학교, 교문 앞 / 낮

방과 후, 학교 앞을 걷고 있는 가원과 친구 소정과 유경.

소정   와, 정가 너, 진짜, 정말, 어떻게, 와……
가원   어쩔 수가 없어. 미안.
유경   다른 사람도 아니고, 우리 최애 컴백 첫 음방인데?
가원   나도 이러면서 살아야 되나 싶다고.
소정   와, 이거, 정말, 진짜, 진짜, 와, 들려?
가원   뭔 소리?
소정   우정에 금 가는 소리.
가원   뭐래.
유경   그냥은 못 넘어가.
가원   그럼?
유경   떡볶이.
가원   (살짝 망설이다) 콜!
소정   오, 웬일이래?
유경   (소정과 하이파이브를 하며) 떡밥 한번 물어줄 때가 된 거지.

늘 하던 것처럼 합을 맞춰 가벼운 춤을 추며 이동하는 세 사람.

72.   분식 포장마차 / 낮

정신없이 떡볶이를 먹고 있는 가원을 뚫어져라 쳐다보고 있는 친구들.

소정   자극적인 음식 먹으면 빵맛 제대로 못 본다며?
유경   평소에 밀가루 많이 먹어서 밀떡 쳐다보기도 싫다며?
가원   봉인 해제시킨 게 누군데?

| 유경 | (떡볶이를 집으며) 뻔뻔함까지 완벽한데? |
| 가원 | 사장님 여기 떡볶이 2인분 추가요. |

그때 고비가 포장마차에 나타난다. 가원을 보지 못하는 고비.

고비	사장님, 떡튀순 세트 하나 주세요. 순대는 간 많이. 전부 양념에 비벼서요.
가원	어? 고비 오빠.
고비	어? 가원씨.
소정	(유경에게) 가원씨?
유경	(소정에게) 오빠?
소정	무슨 오빠?

가원과 고비의 관계를 추궁하듯 빤히 쳐다보는 친구들.
어색하게 친구들에게 인사를 하는 고비.

가원	(친구들의 시선을 외면하고 고비에게) 떡볶이 드시러 오셨어요?
고비	어, 어…… 아뇨, 근무시간에 떡볶이라뇨. 튀김 먹으려고요.
사장님	떡튀순 달라며?
고비	(어색하게 웃으며) 왜 말이 헛나오지? 떡튀순에서 떡순은 빼주세요. 양념 묻히지 마시고, 간장에 찍어 먹을게요.
사장님	그냥 튀김을 달라고 할 것이지. 사람, 참.

절레절레하며 가원 일행에게 나갈 떡볶이 2인분을 들이미는 사장님, 그걸 눈여겨보는 고비.

고비	아, 가원씨는 떡볶이 드시는구나.
가원	아니요. 친구들 먹는대서 따라왔어요.
소정	(가원에게) 가원씨, 입에 떡볶이 국물.

유경	(민망하게 입을 닦는 가원에게) 아니, 그쪽 말고 저쪽.

묻지도 않은 떡볶이 국물이 묻었다며 놀리는 소정과 유경, 민망하게 입을 닦는 가원.
2대 커피 밖에서 만나 어색한 동시에 본의 아니게 이상한 신경전을 벌이는 고비와 가원.
이쑤시개를 내려놓고 아닌 척을 하는 가원과 고비를 번갈아 보는 친구들과 포장마차 사장님.

73.   2대 커피, 안팎 / 낮

일어서서 가게를 나설 준비를 하는 주희.

주희	나는 갑니다.
박석	미팅 잘하시고, 이따 연락하자고.
주희	그래요. (밖을 보고) 어, 가원이다!
박석	주희씨가 얘기 좀 해줄래?
주희	내가? 왜?
박석	나는 안 한대놓고 고비한테 떠넘기는 인상 줄 수도 있어서.
주희	입이 근질거렸는데 나야 좋지. 고비씨한테는 자기가 말할 거지?
박석	그래야지.
주희	그래. 어쨌든 당사자들이 얘기 나눠보고 결정할 문제니까.

밖으로 나간 주희, 손을 흔들며 가원과 인사를 한다.

주희	가원아, 안녕.
가원	주희쌤 안녕하세요.
주희	(잠시 서서) 가원이 드디어 소원 성취하겠네.
가원	무슨, 말씀이세요?

| 주희 | 에이, 그건 당사자한테 직접 들어야지. |
| | 아무튼 고비씨랑 한번 잘해봐. 저는 두 사람을 응원합니다. |

주먹을 꽉 쥐어 보이더니 바삐 걸음을 옮기는 주희.
아리송한 표정을 지으며 2대 커피로 들어가는 가원.

74.　　2대 커피, 내부 / 밤

영업이 끝난 직후의 2대 커피.

고비	가원씨랑요?
박석	혼자 할 만한 아이디어 있어?
고비	그건 아닌데, 애기랑 뭐 할 게 있을까요?
박석	애기? 너는?
고비	열심히 해보겠습니다.
박석	정리는 나한테 맡기고 가봐.
고비	네?
박석	가원이도 이제 끝날 시간이잖아.
고비	아, 네. 그럼 퇴근 준비할게요.

뒷정리를 하는 박석.

75.　　베이커리 카페, 안팎 / 밤

유니폼을 입고 베이킹 실습 준비 중인 가원, 퇴근 준비를 마친 김
사장이 창고에서 나온다.
꼼꼼하게 베이킹 준비를 하는 가원을 가만히 쳐다보는 김사장.

김사장	오늘도 연습하다 갈 거야?
가원	그래야죠.
김사장	그래, 그럼 나 먼저 들어갈게. 문단속 잘하고.
가원	(웃으며) 네. 들어가세요.

그때 가게 문을 열고 들어서는 고비.

고비	사장님 안녕하세요.
김사장	어? 고비씨, 이 시간에 웬일이야?
고비	아, 저, 가원씨랑 얘기할 게 좀 있어서.

수줍게 말하는 고비를 쳐다보고 불안한 김사장, 얼굴이 빨개지는 가원.

김사장	그래. 얘기해.
고비	아, 급한 얘기는 아니니까, 밖에서 기다릴게요.
김사장	(고비가 나가자 가원이를 보고) 가원아, 쟤, 좀 이상한 애니?
가원	네?
김사장	나랑 같이 집에 가자. 너 혼자 두고 못 가겠어.
가원	그런 사람은 아닌 거 같은데…… 걱정 말고 들어가세요.
김사장	(테이블에 앉으며) 아니다. 나도 할 거 있으니까 너 들어가서 빵 만들어.

걱정해주는 김사장을 쳐다보고 뭔가 결심한 듯한 가원, 가게 밖으로 나간다.
걱정스레 쳐다보는 김사장, 밖에 서 있다 가게에서 나오는 가원을 보는 고비.

고비	(가원의 유니폼을 보고) 옷, 안 갈아입고 가요?
가원	네, (다시 생각하다) 아니요.

고비	네?
가원	옷 안 갈아입고, 집에 아직 안 간다고요.
고비	아, 네. 그럼 여기서 얘기를……
가원	아니요.
고비	네?
가원	저 고등학생이에요.
고비	그렇죠? 고3.
가원	아무리 고3이래도 아직은 미성년자라고요.
고비	아, 미안해요. 저도 일 끝나고 오다 보니까 시간이……
가원	꼬박꼬박 존댓말 써주시고 항상 매너 있는 모습 보기 좋아요.
	하지만 그 이상의 감정은 아닌 거 같아요.
고비	네?
가원	저, 쫌 불편해요. 연애 같은 거 관심 없거든요.

꾸벅 인사를 하고 달리듯 다시 가게 안으로 들어가버리는 가원.
뭘 잘못 들었나 싶어 눈만 끔뻑거리며 미동도 없이 서 있는 고비.

76.   2대 커피, 안팎 / 낮

바 테이블을 탕탕 내려치며 울분을 토로하는 가원.
웃음을 참고 가원을 달래는 주희, 바 테이블 뒤에 서서 가원과 주
희를 보며 컵을 닦는 박석.

가원	이게 뭐예요! 나만 이상한 사람 만들고!
주희	가원아 정말 미안. 이런 상황은 상상도 못 했네.
	(박석에게 도움을 구하듯) 내가 해석의 여지를 너무 열어뒀나?
가원	주희쌤, 지금 웃으시는 거예요?
주희	(어금니를 악물고) 아니? 안 웃었는데.
가원	(대놓고 웃는 얼굴인 박석을 보고) 아저씨, 지금 웃음이 나와요?

박석	내가? 아닌데?
가원	이게 뭐야, 이게 뭐야. 부끄러워서 이제 여길 어떻게 와.
박석	(창밖을 내다보고) 어, 고비다.

고비라는 말에 화들짝 놀라 가방을 챙겨 들고 황급히 가게를 빠져
나가는 가원.

가원	저 가요.
박석	그래, 또 올 거지?
가원	몰라요!
주희	이번엔 고비씨한테 말 잘해놓을게.
가원	아무것도 하지 마세요. 아무것도!

가게 밖으로 나온 가원, 고비를 못 본 척 피해 가려고 고개를 숙이
고 옆길로 접어들려 한다.

고비 (E)	가원씨!
가원	(뒤돌아서 어색하게) 어, 어? 고비 오빠, 안녕하세요.
고비	제가, 어제 일에 대해서 생각을 좀 해봤는데……
가원	아니요, 생각하지 마세요. 죄송해요.

꾸벅 인사하고 길을 가던 가원, 망설임 끝에 뒤돌아서 다시 한 마
디 한다.

가원	이따 일 끝날 시간 맞춰서 오실래요?
고비	네?
가원	해야죠. 콜라보.

그제야 서로의 오해가 풀렸음을 확인하고 서로 웃음을 주고받는
고비와 가원.

77.   베이커리 카페, 내부 / 밤

어제와 마찬가지로 실습 준비 중인 가원, 잠시 뒤 가게 문을 열고 들어오는 고비.

가원   어? 일찍 오셨네요?
고비   이 시간에 끝나는 거 아니었어요?
가원   이제 시작인데?

갸우뚱하는 고비, 때마침 창고에서 퇴근 준비를 마친 김사장이 나온다.

김사장   어, 고비씨.
고비   안녕하세요, 사장님.
        어제 가원씨랑 못 나눈 얘기 나누려고 왔습니다.
        연애 말고, 신메뉴 얘기요.
김사장   아, 아, 그래요?

눈짓을 주고받으며 가원에게 확인을 받는 김사장.

김사장   일 끝나고 다들 고생이네. 그럼 나는 먼저 들어갑니다.
가원   들어가세요.
고비   다음에 뵐게요.

김사장이 가게를 나가자 카운터 뒤편 베이킹 작업대로 이동하는 가원.

가원   기다리기 지루하면 들어오세요.
고비   그래도 돼요?
가원   그럼요.

가원을 따라 카운터 안쪽으로 따라 들어가는 고비.

78.　　베이커리 카페, 베이킹실 / 밤

냉장고에서 오렌지를 꺼내는 가원.

고비	빵 만드는 거 아니었나?
가원	콩피 만들 거거든요.
고비	콩피?
가원	보존이라는 뜻인데 식재료를 오래 끓이는 조리법이에요.

오렌지 껍질을 벗기고, 썰고, 냄비에 물을 끓인 뒤 오렌지 필을 넣는 가원의 야무진 손놀림.
냄비의 불을 끄고 물을 버린 뒤 오렌지 필을 따로 담아두고 다시 물을 끓이는 모습.
다시 오렌지 필을 넣고 끓인 뒤 끓는 물을 버리길 반복하는 모습들 위에 얹히는 목소리.

고비 (E)	같은 과정을 계속 반복하네?
가원 (E)	제스트 블랑쉬르라고, 소독도 하고 떫고 잡스러운 맛을 빼주는 과정이에요.
고비 (E)	그럼 끝?
가원 (E)	아직 설탕물에 졸이지도 않았거든요?
고비 (E)	아……

재료 배합을 한 뒤 설탕물에 졸이는 오렌지 콩피의 모습.
끓고 있는 콩피의 농도를 확인한 뒤 불을 끄고 냄비를 들어 받쳐둔 체에 거르는 모습.

가원 (E)	(윤기를 내며 탱글탱글하게 빛나는 오렌지 필의 모습) 콩피 완성!
고비	이제 겨우 재료 하나 완성?
가원	(대수롭지 않게) 그렇죠.
고비	(기가 질린 듯) 와…… 이걸로 뭐 만들게요?
가원	오렌지 마들렌이요.
고비	그럼 저 콩피만 쓰고 시럽은 안 쓰는 거예요?
가원	네. 오늘은 여기까지.
고비	어? 아직 시작도 안 했잖아요.
가원	기다리는 사람 있으니까 저도 신경 쓰여서요.
고비	이런, 나 때문에.
가원	석이 아저씨 나 알바 하는 날은 연습까지 하고 늦게 끝나는 거 아시는데……
고비	아셔서 그런 거 같네요.
가원	네?
고비	저도 좀 보고 배우라고요.
가원	뭐 별로 가르쳐드린 건 없지만.
고비	(웃으며) 우리 사장님, 은근 음흉하시다니까. 가시죠.
가원	가긴 어딜 가요?
고비	끝났다면서요. 안 가요?
가원	요리 끝, 청소 시작. 몰라요?
고비	맞다. 도와드릴게요. 빨리 하고 집에 가면서 메뉴 회의해요.
가원	(제지하며) 잠깐, 청소라고 다 같은 청소가 아니라는 것도 아시죠?
고비	그, 그렇죠?
가원	그냥 계세요, 가만히. 빨리 끝낼게요.

버릴 식재료와 보관할 식재료를 분류하고 각종 도구들을 설거지한
뒤 주변을 닦는 가원.
능숙하고도 꼼꼼하게 청소와 정리를 하는 가원의 모습을 보고 감
탄하는 고비.
유리병에 따로 담긴 오렌지 시럽을 보고 생각에 잠긴다.

79.   거리 / 밤

호젓한 동네 밤거리를 걷고 있는 고비와 가원.

고비   하나 여쭤볼 게 있는데요.
        (가원이 물어보라는 듯 쳐다보자) 힘들었던 적 없어요?
가원   뭐래, 매 순간이 힘들죠.
고비   아니, 바쁘고 어려워서 힘든 거 말고, 손님 없어서 할 일 없을 때
        힘든 거.
가원   아…… 애기네, 애기.
고비   (얼굴이 빨개지며) 네?
가원   베이커리 알바 시작하고 얼마 안 됐을 땐 바쁜 게 힘든 건 줄 알았
        거든요. 진상 손님 상대할 때나.
        근데 손님 없어서 무료한 게 제일 힘들더라고요.
고비   나만 그런 게 아니었네?
가원   웨이터 아시죠?
고비   그럼요. 서빙하는 사람.
가원   땡. (그럼 뭐냐는 고비의 표정을 보고) 기다리는 사람이요.
고비   에이, 말장난이었구나.
가원   장난 아닌데? 베이커리 사장이든 커피숍 직원이든, 여자든 남자든,
        손님 기다리는 사람들이라는 점에서 전부 웨이터죠.
고비   (그제야 말뜻을 이해하고) 갑자기 작아지는 이 느낌, 뭘까.
가원   저도 매너리즘 와서 관둘까 할 때 들은 얘기예요. 석이 아저씨한테.
고비   사장님……

Cut to: 2대 커피, 내부 / 밤
생두 핸드피킹 중이던 박석, 갑자기 귀가 간지러운 듯 긁는다.

Cut to: 거리 / 밤
다시 말을 이어나가는 가원.

가원	결론도 아주 훈훈해요.
고비	끝난 게 아니었어요?
가원	그 기다림을 견딜 수 없다면 하루라도 빨리 관두는 게 낫다.
고비	하라는 거야 말라는 거야.
가원	(웃으며) 석이 아저씨 스타일이 그렇죠 뭐.
고비	(곰곰이 생각을 하다) 가원씨는 어떻게 견뎠어요?
가원	저도 석이 아저씨한테 똑같이 물어봤죠. 의외로 단순해요. 손님이 오지 않는 그 무료하고 막막한 시간을 버틸 수 있을 만큼 이 일을 사랑하는가. 스스로에게 물어보래요.

말없이 가만히 걷는 두 사람.

80.　2대 커피, 내부 / 아침

평소와 다름없는 박석의 표정, 그 표정을 가만히 쳐다보고 있는 고비.
가원에게 받아 온 오렌지 시럽의 향을 맡아보는 박석.

박석	오렌지 카푸치노?
고비	네.
박석	괜찮네. 그럼 거기 어울릴 로스팅을 해볼 테니 잠깐만.

말하며 로스팅실로 들어가는 박석.

Cut to: 시간 경과
고비가 첫 번째로 만든 오렌지 카푸치노의 모습.
카푸치노를 받아 들고 맛보는 박석, 반응을 살피는 고비.

고비	(박석의 표정을 읽고) 부족한 부분을 말씀해주시죠.

박석	(표정을 읽혔다는 생각에 고비를 쳐다보고) 일단 거품이 너무 낮아. 우유 거품 외에 이걸 카푸치노라고 부를 이유가 있을지 모르겠네.
고비	오렌지 시럽 때문일까요?
박석	그것보다 밸런스가 안 맞아. 베리에이션 메뉴는 에스프레소, 우유, 거품, 시럽 중 어느 하나라도 놓치면 실팬데 이건 우유 맛이 압도적이라.
고비	우유 단맛을 제대로 느낄 수 있다는 55도에 맞춘 건데.
박석	65도에서 70도까지 올려도 되지만 딱히 우유 온도에 문제는 없어. 그게 2대 커피의 특색이기도 하고.
고비	그러면 원두를 강배전으로 바꿔볼까요?
박석	에스프레소 맛이 강해지면 역효과일 수도 있는데?
고비	그럼 어떡하죠?
박석	나는 문제를 진단했으니 답은 너가 찾아야지.

야속하게 쳐다보는 고비, 그렇게 말해놓고도 같이 고심 중인 박석.

박석	우선 잔을 바꿔보는 게 어떨까?
고비	잔을요?
박석	300ml를 180ml로.
고비	아무래도 주둥이가 작아지면 거품이 두터워지겠죠? 밸런스도 잡히고.
박석	그렇지. 그리고 지금 껀 전체적으로 흐리멍덩해. 요즘 너처럼.
고비	제가요? 그랬나요?
박석	(고비의 질문에 즉답을 피하며) 임팩트를 줘. 겉모양으로 호기심을 자극하고 그게 맛으로 충족되도록.

박석의 조언을 바탕으로 다시 오렌지 카푸치노 제조에 나서는 고비 모습 몽타주.

고비 (E)	(바뀐 잔의 카푸치노를 맛보며) 확실히 나아졌지만 에스프레소가

약하다.

(머신의 세팅 버튼들을 비추며) 추출시간도 짧고 양도 적은 리스트레토로?

(세팅을 바꾸는 고비의 손) 그래, 리스트레토 더블샷으로 가보자.

(적게 추출되는 에스프레소) 15ml로 두 잔을 추출해서,

(잔에 에스프레소를 부으며) 시럽이 담긴 180ml 잔에 섞고,

(스팀 피처에 담긴 우유를 잔에 부으며) 스팀 우유 푸어링.

(오렌지를 저미며) 오렌지 슬라이스를 거품 위에 얹어서 임팩트를 주면……

81.   2대 커피, 내부 / 낮

가원 (E) (오렌지 카푸치노의 모습) 와, 골드링까지 보이고 제대로 만드셨네요.

주희 (E) (카푸치노와 함께 놓인 오렌지 마들렌의 모습) 아주 제대로 한 쌍이네.

바 테이블, 같은 자세로 자기 앞에 놓인 카푸치노와 마들렌 항공샷 촬영 중인 주희와 가원.

주희 (사진을 찍으며) 칙칙했던 2대 커피에 화색이 도네.

(박석과 눈이 마주치고) 미안.

뿌듯한 미소를 머금고 박석과 자신이 마실 카푸치노를 준비 중인 고비, 흐뭇한 표정의 박석.

박석 인증샷 다들 찍으셨으면 이제 시식을 해볼까?

주희 근데 오렌지 마들렌은 겉보기엔 그냥 마들렌이랑 차이가 없어 보인다.

가원	고비 오빠가 오렌지 카푸치노 만든대서 위에 얹지는 않았어요.
박석	재료 활용부터 레시피 조율까지 콜라보 제대로 했네.
고비	(박석과 자신의 카푸치노도 내려놓으며) 커피 나왔습니다.
박석	(고비에게) 앉아. 같이 맛보게.

간이 의자를 빼서 앉는 고비.

고비	카푸치노는 거품 때문에 사과 베어 먹듯 마셔야 하는 거 아시죠?
주희	여부가 있겠습니까요.
가원	잘 마시겠습니다.

잔을 입으로 가져가는 주희와 가원.

주희	(거품 을 입에 묻힌 채로) 시럽 때문에 너무 단 거 아닐까 했는데 괜찮다.
가원	(거품을 입에 묻힌 채로) 맞아요. 커피, 우유, 시럽의 조화가 딱 좋아요.
고비	(박석의 표정을 살피며) 사장님은요?
박석	(거품을 입에 묻힌 채로) 음, 동의.
주희	이제 마들렌을 먹어볼까.
고비	(거품을 입에 묻힌 채로) 저도 한번 먹어보겠습니다.

마들렌을 집어 맛보는 사람들.

주희	왜 위에 오렌지를 따로 안 얹었는지 알겠네.
고비	(마들렌을 먹고 커피를 마시며 동의하듯) 같이 먹었을 때 조화가 좋아요.
박석	바로 만들어서 가져온 거 아니지?
주희	왜 별로야?
박석	아니, 오렌지 필링 쫄깃한 식감이랑 향이 제대로 느껴져서.

가원	역시 석이 아저씨. (주희를 보고) 만들어서 바로 먹는 것보다 시간을 좀 뒀을 때 콩피가 빵에 착 달라붙거든요.
주희	2대 커피랑 강고비처럼?
고비	(당황하며) 네?
가원	오빠 아직도 방황 중?
고비	(당황하며) 네? 아니요?
주희	(다시 고비를 보고) 말은 안 해도 사장님이 걱정 많이 하셨다.
박석	난 걱정 안 했는데? 근데 그, 입, 좀……

여전히 혼자만 입에 우유 거품을 묻힌 채 말하는 주희의 입을 가리키는 박석.
자기 입 다물라는 말인 줄 알고 더 열변을 토하는 주희.

주희	이것 봐. 이 동네엔 하고 싶은 말 참고 삭이기 달인들만 모여 사나. 답답해서들 어떻게 사시나 몰라.
고비	(주희에게 냅킨을 건네고 입을 가리키며) 다들 신경 써주셔서 감사합니다.
주희	(고비를 통해 박석의 마지막 말뜻을 이해한 뒤 입을 닦으며) 내가 고맙지.
고비	덕분에 새로운 목표가 생겼어요.
가원	뭐요?

가만히 쳐다보는 박석과 주희.

고비	제대로 된 웨이터가 되자.
주희	(가원에게) 이 사람 어디 딴 데 가기로 했어?
가원	(웃으며) 글쎄요?
주희	(박석에게) 제대로 된 바리스타 될 생각은 안 하고 웬 웨이터?
박석	(웃으며) 우선 좀 드시고.

때마침 가게 문 열리는 소리가 들리자 자리에서 벌떡 일어나는 고
비.

고비   어서 오세요!

환하게 웃는 고비의 얼굴.

제7화

믹스 앤 매치

●

"살짝 수정하겠습니다. 이상한 변수로."

82.   2대 커피, 안팎 / 낮

계절의 감각이 느껴지는 2대 커피 전경.
추출된 커피가 서버에 떨어지는 소리와 함께 테이블 위에 잔을 세
팅하는 소리가 겹친다.
바 테이블 위에 놓인 8개의 커피 잔.
두 개의 서버, 두 종류의 커피를 핸드드립으로 내리고 있는 박석.
찻잔 세팅을 마치고 옆에서 지켜보는 고비.
바 테이블에 앉아 그 과정을 지켜보고 있는 주희, 미나, 가원.
고비를 포함해 인당 두 잔씩 배치한 잔에 두 종류의 커피를 따른
뒤 입을 여는 박석.

박석	두 잔 중 더 맛있는 쪽을 골라봐.
주희	블라인드 테스트?
미나	(끄덕이는 박석을 보고) 원두는 같은 거죠?
가원	(커피를 마시며) 같은 드리퍼로 내렸는데 맛이 다르네?
고비	(마시던 잔을 내려놓고 다른 잔의 커피를 맛보며) 추출 방식도 같 은데.
주희	나는 오른쪽.
미나	저는 왼쪽이요.
가원	저는 오른쪽.
고비	저도 오른쪽이요.
박석	흥미롭네.

주희	같이 좀 흥미롭게 얘기를 해보세요.
박석	미나씨가 선택한 왼쪽은 갓 볶은 원두, 오른쪽은 로스팅한 지 2주 지난 원두.
주희	헐, 난 로스팅 포인트를 다르게 잡은 줄 알았네.
미나	2주 지난 원두가 이런 맛을 낸다고요?
박석	보관 기간 이외의 조건은 모두 같고.
가원	대박.

항공샷을 찍는 가원과 주희.

미나	(혼잣말) 갓 볶은 원두는 맛있는 커피의 기본 아니었나?

대화를 지켜보며 생각 중이던 고비, 대신 답해보라는 듯 쳐다보는 박석과 눈이 마주친다.

고비	(미나를 보고) 꼭 그렇지만은 않아요.
가원	오래 두면 원두 표면에 기름 끼고 빨리 산화돼서 안 좋다고 들었는데?
고비	오일은 생두마다 지방 함량이 다르다는 변수에 로스팅 시간과 화력이라는 변수까지 결합해서 생기는 거거든요.

확인을 바라듯 박석을 쳐다보는 고비, 고개를 끄덕이며 입을 여는 박석.

박석	원두 오일이 산패를 촉진해서 맛에 흠이 된다는 말이 많은데 보관만 잘하면 문제없어. 오히려 그 기름기를 즐기는 사람들도 있고.
주희	문제는 보관이잖아. 빨리 안 팔면 재고 부담 어쩌려고.
미나	2주 지난 원두라는 말에 거부감부터 느낄 손님들도 많을 텐데.
박석	그래서 고민이야. 그렇다고 맛을 포기하자니 아쉽고.
고비	사장님답지 않으시네요.

박석	(고비를 쳐다보며) 나다운 게 뭔데?
고비	맛에 대해선 절대 타협하지 않는다.
주희	고비씨 몰랐어? 저 사람 장사꾼이야.
박석	(웃으며) 자선 사업가는 아니지.
가원	돈 생각만 했으면 블라인드 테스트도 안 했겠죠.

가원이 무심코 던진 말에 뜨끔한 고비.

고비	사실 갓 볶은 원두도 좋았어요. 2주짜리 완숙미가 압도적이라 그렇지.
박석	그 완숙미 3주까지 유지 가능할지도 테스트 중이니까 너무 실망은 말고.
고비	실망까지는 아니고요.
주희	커피는 변수가 너무 많아.
미나	만화만 그런 줄 알았는데.
가원	베이킹도요.
박석	그래서 재밌는 거지. 변수 하나하나를 파악하고 그걸 통제해가는 맛.

각자 생각에 빠지는 사람들, 이윽고 고비가 입을 연다.

고비	저도 좀 재밌는 생각이 떠올랐는데.
가원	뭔데요?
고비	아직은 생각이 뒤죽박죽이라, 경험 좀 더 쌓고 시도해보게요.
박석	(원두 봉투를 정리하며) 시도를 해야 경험이 쌓이지.
미나	돌고, 돌고.
주희	변수 통제의 관건은 경험이 아니라 데이터라던 누구 생각나네.
박석	(창고로 이동하다 주희를 보며) 초이허트?
가원	그 사람이 그랬어요? 뭔가 아리송하다.
미나	그분 원래 좀 재밌잖아.

83.　　콘크리트 카페, 안팎 / 낮

앞서 2대 커피에서의 대화가 화면이 바뀐 뒤에도 계속 이어진다.
1층 바리스타 스테이션. 추출한 커피를 카운터로 옮기는 남성, 수염을 기르고 문신을 했다.

주희 (E)　　재밌다고? 난 부담스럽기만 하던데.
고비 (E)　　초이허트, 어디서 들어본 것도 같고.

골조와 내장재를 그대로 드러낸 인테리어의 커피숍 2층.
카페 구석진 자리에 앉아 개탄스러운 표정으로 태블릿 PC에 글을 쓰는 40대 남성, 초이허트.

가원 (E)　　몰라요? 완전 유명한 블로거 평론간데.
고비 (E)　　아, 근데 요즘은 글보다 영상이 대세 아닌가.
가원 (E)　　대세 안 따르기로 유명해요.
미나 (E)　　시니컬하고 신랄한데 틀린 말 안 하고.

한껏 멋을 부리고 카페를 찾아 사진을 찍는 젊은이들 사이에서 외딴섬처럼 보이는 초이허트.

주희 (E)　　맞아, 요즘 누가 긴 글 읽어.
　　　　　　어쨌든 글 한 줄 말 한 마디로 카페 운명을 바꿔놓기도 했던 사람이야.

커피를 한 모금 입에 머금고는 우물거리더니 도로 잔에 내뱉는 초이허트, 자리에서 일어난다.
외모와 패션, 상의와 하의가 이상하게 따로 노는 듯 은근 어울리는 초이허트의 패션감각.
힙스터인지 패션 테러리스트인지 가늠할 길이 없다.

커피 잔을 올린 쟁반을 들고 주변을 훑으며 인상을 쓴 뒤 계단을 내려가는 초이허트.

미나 (E)   '와인엔 로버트 파커, 커피엔 초이허트' 이런 말까지 있어요.
주희 (E)   그건 왠지 본인이 만들어서 퍼뜨린 말 같지 않아?

1층으로 내려온 초이허트, 카운터에 쟁반을 내려놓는다.

초이허트   (쿠키를 정리 중인 사장을 슥 보며) 말세야, 말세.

혼잣말하듯 한 마디 던지고 돌아서는 초이허트.
그 말을 놓치지 않고 들은 사장, 초이허트가 그대로 남긴 커피까지 본다.

문신사장   무슨 문제 있으세요?
초이허트   (멈춰서 돌아서며) 그 말뽄새, 커피랑 똑같네.
문신사장   뭐요?
초이허트   입 아파서 말 안 하려고 했는데 자꾸 물으니 답을 해야지.
          (사장을 쳐다보며) 자부심이 느껴져요.

욕을 할 거 같더니 갑자기 자부심이 느껴진다는 말에 어리둥절한 사장.

초이허트   커피 말고, 그 수염이랑 문신에서만.
          자기가 뭔가 대단한 거 만들고 있는 거 같지? 그거 다 가짜야.
문신사장   내가 지금 장난하는 걸로 보여요?

다시 돌아서는 초이허트를 보고 포터필터를 든 채로 카운터 밖으로 돌아 나오는 사장.

문신사장	(출입구까지 간 초이허트에게) 이봐요, 얘기 좀 합시다.

돌아선 초이허트, 사장 손에 쥐인 포터필터를 보고 주춤한다.

초이허트	털 고를 시간에 결점두부터 좀 골라내시라고, 내 얘긴 끝.

문밖으로 휙 사라지는 초이허트.
출입구를 쳐다보다 수염을 쓰다듬는 사장의 모습 위로 2대 커피의
대화가 이어진다.

주희 (E)	사연 들어보면 그 사람도 딱하긴 해.
고비 (E)	무슨 사연이요?

84.　　앤티크 카페, 내부 / 낮

복고풍으로 꾸민 커피숍 내부, 앞서 등장한 카페와 사뭇 다른 분위
기다.
카운터에서 커피를 내리고 있는 여성, 여기에 이어지는 2대 커피
의 대화.

가원 (E)	대회란 대회는 다 휩쓸던 전도유망한 바리스타였대요.
고비 (E)	그런데 갑자기 웬 평론가? 커피 안 만들고?

외딴섬처럼 보이는 건 차이 없지만 조금 편안한 표정으로 주변을
둘러보는 초이허트.
꽃이 그려진 비싼 도자기 잔에 담긴 커피를 한 번 쳐다보고는 함께
주문한 케이크부터 먹는다.
케이크를 먹은 뒤 나쁘지 않다는 반응의 초이허트, 바로 태블릿
PC 자판을 두드린다.

미나 (E)	카페인 민감증요. 커피를 마시면 잠을 못 잔대요.
주희 (E)	커피를 못 마시는데 평론은 어떻게 하냐? 이거 물어볼 차례지?
고비 (E)	네.
가원 (E)	만드는 사람보다는 덜 마시잖아요.

물로 입을 헹군 뒤 커피 잔을 손에 쥐는 초이허트.
커피를 맛본 뒤 표정이 싸하게 굳는 초이허트, 시간을 확인한다.

주희 (E)	아예 못 마시는 건 아니고, 오후 6시 이전 딱 한 잔까지는 가능.
미나 (E)	한 잔을 열두 모금에 나눠 마셔서 커피가 마음에 안 들 땐 커피숍 하나당 한 모금씩, 하루 총 열두 군데까지 돌아다닌대요.

핸드폰을 보다 자리에서 일어서는 초이허트, 카운터에서 친절하게
웃는 사장을 외면한다.

초이허트	(사장을 향해 목례를 하며 혼잣말) 물어보지 마, 물어보지 마.
친절사장	(쟁반을 카운터에 올리는 초이허트에게) 맛있게 드셨어요?

그 말을 듣는 것과 동시에 멈춰 서서 두 눈을 질끈 감는 초이허트.

초이허트	그냥, 인사치레로 물어보신 거죠?
친절사장	(눈을 똥그랗게 뜨며) 손님들 의견이 정말 궁금해서 여쭤본 건데요?
초이허트	신기하네.
친절사장	네?
초이허트	인테리어, 기물, 접객, 디저트까지, 최고예요.
친절사장	(긴장이 풀리며 감격해서) 너무 감사합니다.
초이허트	딱 하나, 커피만 빼고.
친절사장	(다시 당황해서) 다른 것들에 비해 커피 맛이 좀 떨어진다는 그런 말씀……

초이허트	(끊으며) 아니, 아니. 그냥 검은 물, 그 이상도 이하도 아닌 맛이라고요.
친절사장	손님, 아무리 그래도 말씀을 그렇게 하시면……
초이허트	정말 궁금하다면서? 커피에 애정이 없는데 카페는 왜 차렸어요?

허를 찌르는 초이허트의 질문에 당황하며 대답을 못 하는 사장.

초이허트	앤티크 숍이나 이벤트 스튜디오 쪽으로 업종을 바꾸세요. 그게 피차 행복한 일 아닙니까.

거침없이 자기 의견을 말하고 인사한 뒤 가게를 나서는 초이허트,
곰곰이 생각하는 사장.

85. 2대 커피, 내부 / 낮

박석이 창고로 들어간 사이, 카운터를 등지고 설거지를 하며 대화를 이어나가는 고비.

고비	(설거지를 하면서 간간이 뒤돌아보며) 2대 커피 평가는 어때요?
주희	(핸드폰을 보며) 커피를 사랑하는 사람이 만든 커피.
미나	(핸드폰을 보며) 수많은 변수들을 완벽하게 통제하는 장인의 솜씨.
가원	(핸드폰을 보며) 마시는 순간만큼은 행복하다고 믿게 만드는 맛.
고비	근데 저는 가게에서 본 적이 없네요. 요즘은 행복하기 싫으신가?
초이허트 (E)	정말 궁금해?

낯선 목소리에 돌아보고 깜짝 놀라는 사람들.
언제부턴가 가게 안에 들어와 서 있는 초이허트, 알아보지 못하고
인사를 하는 고비.

고비	어서 오세요.
초이허트	(대뜸 주희 옆에 앉으며 얼굴은 보지도 않고) 오랜만입니다.
주희	(겸연쩍은 웃음) 네, 근데 저기 테이블 다 비어 있는데 왜 하필.
초이허트	다른 손님 받아야죠. 제가 그 정도 예의도 없는 사람으로 보입니까.
주희	아, 아, 그러시구나.
박석	(창고에서 나오며) 오랜만이네, 초이허트. 이쪽은 우리 직원 강고비.

그제야 눈앞의 인물이 초이허트라는 사실을 알고 놀라는 고비.

초이허트	이봐 신입, 내가 왜 2대 커피에 자주 안 오는지 정말 궁금해?
고비	초면에 반말은 듣기 싫지만 그 이유는 듣고 싶네요.
초이허트	언제 와도 한결같으니까.
미나	지금도 한결같은데.
초이허트	(미나를 쳐다보고) 정말?
	(다시 고비를 쳐다보며) 거대한 변수가 생긴 거 같은데?

고비를 빤히 쳐다보는 초이허트, 갑자기 이목이 집중되자 부담스러운 고비.

가원	고비 오빠도 이젠 2대 커피에 완전히 적응했어요.
초이허트	이래서 고인 물들은 안 되는 거야.
	자기만의 성채에 갇혀서 객관성을 잃어버리거든.
주희	매상이나 좀 올려주면서 변수 타령을 하시든가.
초이허트	여전히 시원시원하시네.
박석	오늘은 어떤 걸로?
초이허트	필터커피 한 잔. 2주 지난 원두로.

갑자기 정적이 감도는 2대 커피.

박석	그게 무슨 소리지?

초이허트	왜 이러십니까, 다 알고 왔는데. 방금 블라인드 테스트 하셨잖아요.
고비	가원씨, 혹시 SNS에 올렸어요?
가원	올리긴 했는데, 저는 비공개 계정이에요.

그러자 사진을 찍던 남은 한 사람, 주희에게 집중되는 이목.

주희	내가, 올렸나? (핸드폰을 들고 시늉을 하며) 이게 손가락이 자동으로……
초이허트	오렌지 카푸치노 사진 보고도 좀 놀랐습니다. 2대 커피에서? 이런 메뉴를?
박석	(주희를 본 뒤 초이허트에게) 아직 판매할 건 아니야. 다른 거 주문하지.
초이허트	걱정 마세요. 저도 저만의 신념과 윤리를 갖고 글을 쓰는 사람입니다.
박석	안 쓴다는 말은 안 하네. 알았어.
주희	난 일어나야겠다.

눈치를 보며 일어나 박석에게 미안하다는 눈빛을 보내는 주희.

가원	저도 알바 갈 시간.
미나	이 아저씨 평가 들어야죠. 재밌을 거 같은데.
초이허트	재미? 재미라……
주희	미나씨도 작업해야지. 가자, 같이.
가원	언니, 아까 오다가 고등어랑 돌멩이 같이 있는 거 봤는데 가볼래요?
미나	어, 진짜? 오늘은 어디 나타났어?

자리에서 일어서는 세 사람.

86. 2대 커피, 내부 / 낮

태블릿 PC를 꺼내놓고 창가 자리에 앉아 있는 초이허트, 나름 분위기 있게 고독을 즐긴다.
그동안 서버에 추출된 커피를 잔에 따라 쟁반에 올리는 박석.
쟁반을 들고 창가 자리의 초이허트에게 가져다주는 고비.

고비　　　커피 나왔습니다.

초이허트　안 어울려, 안 어울려.

고비　　　네?

초이허트　오렌지 카푸치노, 그쪽 생각이지?

고비　　　네, 그런데요?

초이허트　2대 커피의 전통이 본인 때문에 흔들리고 있다는 생각, 안 해봤나?

고비　　　흔들리면서 확고해지는 것도 있는 법이라서요. 맛있게 드세요.

끝까지 정중함을 잃지 않고 목례를 한 뒤 카운터로 돌아오는 고비.
조마조마하게 지켜보고 있다 고비가 돌아서자 시선을 돌리며 다른 일을 하는 박석.
흥미롭다는 듯 고비를 지켜보더니 커피를 한 모금 맛보는 초이허트, 표정을 읽을 수 없다.
한 모금을 더 마시려는 순간 초이허트의 바로 옆 창가 밖에 젊은 남성이 나타난다.
유리창을 등지고 가게 앞에 서 있는 여성 두 명의 사진을 찍어주는 젊은 남성.

초이허트　나와, 당장.

하지만 들을 수 없는 남성, 잠시 뒤 초이허트 쪽으로 돌아 매장 내부 사진을 찍는다.
자기들끼리 수군거리며 가게로 들어서는 20대 여성 두 명과 남성

한 명, 멋지게 빼입었다.

고비　　　　어서 오세요.

힙스터손님1　여기 유명한 데 맞아?

힙스터손님2　(핸드폰을 보며) 어, 초이허트가 예전에 추천한 데라는데?

힙스터손님3　예전에 추천한 거면 요즘은 맛이 갔을 수도 있잖아.

힙스터손님1　원두 종류도 별로 안 많네.

초이허트　　떽! (입에 손을 가져가며) 조용히.

힙스터손님1　(자기들만 들리게) 뭐야, 저 사람.

힙스터손님2　(자기들만 들리게) 혼자 전세 냈나.

박석　　　　글 쓰는 분이라서요. 신경 쓰지 마시고 편하게 머물다 가세요.

초이허트에게 그러지 말라고 주의의 신호를 보내는 박석.

고비　　　　주문하시겠어요?

상황을 무마하기 위해 친절히 응대하는 고비.

87.　　2대 커피, 내부 / 낮

태블릿에 뭔가 열심히 쓰다가 연신 사진만 찍어대는 손님들을 보고 인상을 쓰는 초이허트.
한 마디 하려다 박석과 눈이 마주치자 참는다.

힙스터손님1　(핸드드립 커피를 맛보고) 사장님, 이거 예가체프 맞죠?

박석　　　　네, 맞습니다.

힙스터손님1　예가체픈데 신맛이 안 나서요.

고비　　　　아, 그건 말이죠,

초이허트 (E)　(말을 끊으며) 신맛이 아니라 산미.

힙스터손님2　(초이허트를 쳐다보는 손님1에게) 야, 무시해.

힙스터손님3　그쪽 일에나 신경 쓰세요.

초이허트　　　정말 그걸 바라나?

힙스터손님1　그럼요.

　　다시 한번 박석과 눈빛이 마주치지만 어쩔 수 없다는 제스처를 취하는 초이허트.

초이허트　　　(박석에게) 내 일이 이쪽 일인데 손님이 신경을 써달라잖아요.

힙스터손님1　뭐래.

초이허트　　　지금 당신들이 맛도 모르고 들이켜는 커피는 예가체프의 코체레 지역에서 생산된 G2 등급의 생두입니다. 가공방식은 워시드. 워시드는 커피 가공 시 체리를 물에 담가 24시간에서 36시간 정도 발효시키는 방식이지요. '커피 얘기 하다 말고 여기서 갑자기 체리가 왜 나와?' 하면서 버찌를 상상하는 바보들까지는 아니겠지만 혹시 모르니까, 지금 말하는 체리는 생두가 들어 있는 커피 열매라는 걸 알려드리는 바이고. 그렇다면, 발효는 왜 할까요?
　　맛과 향이 풍부해지니까. 이번 생두는 단맛이 풍부해서 산미와 단맛이 적절히 어울리게 로스팅을 했네요. 그래서 산미보다 바디감이 더 강하게 느껴지는 거겠죠?

　　강약과 고저, 운율까지 살려 커피 관련 정보를 폭포수처럼 쏟아내는 초이허트.
　　화를 누르는 듯 팔짱을 낀 채로 초이허트를 바라보고 있는 박석.
　　공연을 하듯 열변을 토하는 초이허트의 설명을 듣고 초이허트가 좀 달리 보이는 고비.
　　아무 말도 못 하고 기가 죽은 듯 가만히 초이허트의 설명을 듣고 있던 손님들.

힙스터손님1　그래서요?

힙스터손님2　왜 저래?

힙스터손님3　우리 입맛엔 별로라는데.

초이허트　이걸 어쩜 좋을까. 괜히 무식한 티 내지 말고 로스터의 의도를 이
　　　　　해하려고 노력해보라는 말이 어렵나?

힙스터손님1　무식하다뇨?

힙스터손님3　선 넘으시네.

카운터로 가더니 손님에게 내가고 바닥에 얕게 남은 서버의 커피
를 새 잔에 따르는 초이허트.

고비　뭐 하시는 거예요?

초이허트　설거지 힘든 거 안다.

박석　내 입장도 생각 좀 하지.

초이허트　설명을 해주려고요.

화를 누르고 지켜보는 박석, 더 이상 제지를 안 하는 박석을 쳐다
보는 고비.
성큼성큼 손님 테이블 앞까지 온 초이허트, 들고 온 잔의 커피를
조심스레 한 모금 마신다.

힙스터손님1　(부담스러운 거리감에) 쫌 부담스럽거든요?

초이허트　(대꾸도 없이 맛에 취해) 은은한 오렌지 산미와 꽃향기, 여기에 단
　　　　　맛까지 더해져서 탄탄한 구조감이 느껴지잖아. 게다가 진한 여운
　　　　　까지.
　　　　　예가체프의 또 다른 매력을 느끼게 해주는 아름다운 커피야.

힙스터손님2　그건 그쪽 평가고요.

힙스터손님3　우리도 우리 나름의 평가가 있는 거니까 좀 가주시죠.

초이허트　평가? 어디서 감히 평가를 들먹여! 쥐뿔도 모르는 것들이.

힙스터손님1　(자리에서 벌떡 일어나며) 뭐라고요!

초이허트와 드잡이하기 일보직전의 손님1, 그제야 카운터에서 튀어나와 제지하는 고비.

고비　(손님들을 향해) 죄송합니다, 죄송합니다.

초이허트　노력 없이 얻는 게 있을 거 같아? 그럴싸한 컵노트 달아놓고 구정물 같은 커피 비싸게 팔아먹는 업자들 배나 불려주겠지.

고비　(초이허트를 원래 앉았던 테이블로 데려가며) 그만하시죠.

초이허트　(고비에게) 자존심도 없나? 당신이 할 말 내가 하고 있는데?

딱히 반박하지 못하는 고비, 손님 테이블 쪽으로 가서 고개를 조아리는 박석.

박석　(손님들에게) 죄송합니다. 언짢으셨을 텐데 커피 값은 환불해드리겠습니다.

힙스터손님1　환불 안 해주셔도 돼요. 가자.

힙스터손님2　내 돈 내고 커피 사 마시면서 왜 죄인 된 기분 느껴야 돼?

박석　커피에 대한 애정이 좀 과하게 넘치는 손님이라, 죄송합니다.

힙스터손님3　사장님 잘못은 아닌데, 손님 좀 가려 받으세요.

힙스터손님2　요즘 같은 세상에 저런 손님 받으면 영업 못 해요.

연신 고개를 숙이는 박석, 나갈 준비를 하며 일어서는 손님들.

초이허트　내 얘기 아직 안 끝났는데?
잘 들어. 예가체프는 우리나라로 따지면 도야.
코체레는 군이고. 거기서 재배되는 생두도 한두 종류가 아닌데 예가체프 하면 산미라고? 그럼 같은 경북이니까 안동 사과랑 문경 사과도 같은 맛이게?
(정색하고) 참, G1, G2는 결점두 개수로 구분한다는 것 정도는 알고 있지?

힙스터손님1　(무시하듯) 네, 네, 그럼요.

초이허트	그 얕은 지식이 커피 문화를 망치는 거야. 가짜가 진짜 행셀 하게 만든다고!
박석	그만하지, 초이!
힙스터손님2	초이?
힙스터손님3	초이허트?
힙스터손님2	설마.

수군거리며 가게를 빠져나가는 손님들, 쫓아나가 문을 열고 소리를 지르는 초이허트.

초이허트	좋아하면 대상에 대한 예의부터 갖춰! 어차피 좋아하는 척을 하는 거겠지만!

문을 닫고 가게 안으로 돌아서는 초이허트, 가만히 쳐다보고 있는 박석과 고비.

박석	이제 후련해?
초이허트	선배님, 2대 커피 정도면 손님한테 할 말은 해주는 게 예의 아닙니까?
고비	맞아요. 그래서 말인데 나가주셨으면 합니다.

갑자기 치고 들어오는 고비를 쳐다보는 박석, 고비는 쳐다보지도 않고 시계를 보는 초이허트.

초이허트	(시계를 보며) 있으라고 애원해도 간다. 오늘의 마지막 한 모금만 마시고.

요지부동인 박석을 쳐다보고 또 답답해서 초이허트를 쫓아가는 고비.

고비	나가주세요. 지금 당장.
초이허트	(대꾸도 않고 잔을 들며) 잘 만든 커피는 식었을 때 또 다른 맛을 내지.
고비	당신은 커피 마실 자격이 없어요.
초이허트	(잔을 내려놓으며) 나만큼 커피 마실 자격 있는 사람이 몇이나 될까?
고비	커피 맛 좀 알면 영업 방해해도 괜찮아요? 평론가가 깡패입니까?
초이허트	(대뜸) 평냉 좋아해? 나는 좋아하는데.
고비	갑자기 웬 평양냉면?
초이허트	정확하지도 않은 정보 갖고 면스플레인 하면서 매니아 행세 하는 사람들, 그 사람들한테도 내가 이럴 거라 생각하나? 내 분야에 한해서, 말을 해야 할 때 하는 게 평론가의 의무야. 권리가 아니라고.
고비	만드는 사람에 대한 예의는요?
	카페에 왔으면 바리스타에 대한 최소한의 예의는 갖추셔야죠.
초이허트	바리스타? 본인 말하는 거?
고비	지금 말하는 사람, 저 말고 또 누구 있어요?
초이허트	(박석을 보고 웃으며) 선배님, 이 친구 바리스타 맞아요?
박석	아니면 뭔데?
초이허트	서버도 있고 캐셔도 있잖아요. (짐을 챙기며) 오늘은 여기까지.
고비	지금 대놓고 무시하는 겁니까?
초이허트	(무시하고) 선배님, 2주 지난 원두로 만든 이 커피, 장점이야 흠 없이 들으셨을 텐데, 뒷맛에 군내가 살짝 아쉽네요. 여운이 아슬아슬해서 전 별로였습니다. 오늘 돌아다닌 커피숍들에 비하면 압도적으로 좋지만 말이죠.

조마조마하며 박석의 반응을 살피는 고비, 이내 옅은 웃음과 함께 입을 여는 박석.

박석	역시, 정확해.
초이허트	(일어서며) 내가 이래서 선배님을 좋아한다니까.

집중력 떨어지신 게 원인 같은데 체력 관리 좀 하시죠.

박석과 초이허트의 이상한 교감에 어리둥절한 고비.

초이허트 (문 앞에서 고비를 보고) 그리고 그쪽, 바리스타로 인정받고 싶으면 증명해.
    말이 아니라 커피로. (박석에게 인사하며) 저는 이만.

고비   잠깐, (초이허트가 앉았던 자리를 가리키며) 다시 앉으세요.

초이허트 뭐지?

고비   증명하라면서요.

박석   고비야.

초이허트 (시계를 보며) 아직 시간은 있어. 마시려던 마지막 한 모금도 안 마셨고. 그런데 오늘의 마지막 한 모금을 왜 불확실한 커피에 베팅해야 하지?

고비   그건 마셔보면 알겠죠.

말하고 카운터 뒤쪽 창고로 들어가더니 원두 봉투 하나와 도구 하나를 들고 나오는 고비.
다시 앉았던 자리로 돌아가 앉는 초이허트.

박석   (원두 봉투와 드리퍼 그리고 물 조절 밸브를 보고) 일주일 지난 원두랑 고노 드리퍼에 물 조절 밸브까지? 이게 아까 떠올랐다는 아이디어야?

고비   네. 한번 해보려고요.

박석   테스트 상대로 초이는 너무 위험해. 더구나 네 실력으로 고노 드리퍼를……

고비   연습 많이 했어요. 틀린 말은 안 한다니 실패하더라도 얻는 게 있겠죠.

88.   2대 커피, 내부 / 낮

준비를 마친 상태에서 물 조절 밸브 끼운 주전자를 들고 드리퍼에 물을 붓고 있는 고비.
얇은 물줄기가 아니라 물이 방울처럼 끊기게 조금씩 붓는다.
창가 쪽에서 고비가 커피 내리는 모습을 보는 초이허트.

초이허트   초짜 주제에 고노 드리퍼?
          리브 짧아서 과다 추출되기 십상이라는 건 알고 선택한 거지?
고비   (혼잣말) 말이 너무 많아.
초이허트   게다가 밸브까지 끼워서 점 드립이라? 애잔하다, 애잔해.
고비   요즘은 화려한 기교보다 설계 능력이 더 중요한 건 알고 계시죠?
초이허트   지금 나 가르치는 거?
박석   (작게) 추출시간이 좀 긴 거 같은데.

무슨 생각인지 알 길은 없지만 믿어달라는 얼굴로 쳐다보는 고비를 보고 가만히 있는 박석.
추출이 끝나자 서버에서 잔으로 커피를 옮긴 뒤 초이허트에게 가져가는 고비.

초이허트   (6시에 임박한 시간을 보고) 결국 시간만 낭비했어. 도로 가져가.
고비   말씀하실 시간에 맛부터 보시죠. 아직 시간 남았잖아요.
초이허트   마셔보나마나야. 추출시간이 이렇게 긴데 탁하고 쓴맛이 강할 게 뻔해.
고비   2주 지난 원두 우겨서 맛봤으면 이 정도는 돌아오는 게 있어야죠.
초이허트   혀끝에 거친 느낌을 남기고 싶지 않는데, 틀린 말은 아니니.

잔을 입에 가져가는 초이허트를 보고 의외라는 반응의 박석, 더 걱정스러워진다.

초이허트	(크게 웃으며) 이런, 이런, 맙소사.
	(이내 정색하며) 부정적인 뉘앙스의 종합판이야, 이런 걸 커피라고 내놓다니.
고비	단점이 뭔지는 알려주셔야죠.
초이허트	한 가지만, 물 온도가 너무 낮아.
고비	83도로 내렸으니까요.
초이허트	제정신 아니네, 아님 어제 잠을 못 잤거나.
	(박석을 보고) 선배님, 이 친구 변수 맞아요. 나쁜 변수.

말하고 가게를 나서는 초이허트.
진열장에서 도자기 텀블러와 포스트잇, 펜까지 챙겨 오더니 초이허트가 남긴 커피를 담고는 포스트잇에 뭔가를 적어 텀블러에 붙인 뒤 쫓아 나가는 고비.
서버에 남아 있던 커피의 일부를 따라 맛본 박석, 역시 표정이 좋지 않다.

89.   2대 커피, 외부 / 늦은 오후

초이허트를 쫓아 나온 고비, 포스트잇 붙은 도자기 텀블러를 건넨다.

| 고비 | 평론가라면 만든 사람 의도도 헤아려야죠. 버려도 그쪽이 버리세요. |

고비를 뚫어지게 처다보던 초이허트, 이내 텀블러를 건네받고는 훑어본다.

Cut to: 2대 커피, 내부
남은 커피가 얕게 깔려 있었으나 지금은 한 방울도 남지 않은 서버의 모습.

90.   2대 커피, 내부 / 아침

먼저 출근해서 카운터를 정리하던 고비, 사기 텀블러 하나가 구석에 놓여 있는 걸 발견한다.
그 안에 담겨 있는 커피를 보고 갸우뚱하는 고비.
설거지를 하려고 싱크대로 돌아서려는 순간, 출근하는 박석.

고비   안녕하세요.
박석   그래. (고비 손에 들린 텀블러를 보고) 그거?
고비   어제 설거지를 빼놓고 안 했나 봐요.
박석   아냐, 아냐. 그거 내가 따로 챙겨둔 거.
고비   네?

고비에게서 텀블러를 받아 그 안의 커피를 맛보는 박석, 하지만 표정이 어두워진다.

박석   하루 묵히면 맛이 열릴까 싶었는데.
고비   (그제야 이해를 하고) 이거 어제 서버에 남아 있던 커피예요?
박석   맞아. 너가 말한 아이디어가 이거였어?
고비   네. 시간이 지나면 맛이 좋아질 거라는 생각을 했는데 6시 이전에 내놔야 해서 콜드브루 흉내를 내봤죠. 별로세요?
박석   바로 만들었을 때보다는 확실히 나아. 그런데 이게 콜드브루를 흉내 낸 거지 콜드브루는 아니라 시간이 지났다고 확 좋아지지는 않아서.
고비   그렇죠?

패배감에 사로잡히지 않고 알 듯 모를 듯한 뉘앙스로 답하는 고비의 반응을 살피는 박석.

박석   (뭔가 말하려다 말고) 시도만으로도 충분히 의미가 있으니까.

고비	제대로 로스팅되지 않은 원두는 특히나 낮은 온도로 길게 추출했을 때 결점이 다 드러나잖아요. 사장님 원두가 없었으면 꿈도 못 꿨을 시도였죠.
박석	그건 내가 말해준 적 없는데.
고비	나머지 공부, 틈틈이 하고 있습니다.
박석	종이컵 대신 사기 텀블러에 담아준 의도도 분명하고.
고비	정작 그 사람은 마시지도 않고 버렸을 수도 있지만요.
박석	아니, 초이는 분명히 마셔보고 너의 의도를 읽을 거야.
고비	사장님 그 사람 좋아하세요? 어제 화를 내도 열 번은 냈을 상황인데 그냥 꾹 참고만 계시고.
박석	그건 좋고 싫고의 문제가 아니야.
	각자 자기 일에 얼마나 치열하게 접근하는가의 문제겠지.
고비	진, 정, 성?
박석	요즘 환영받기 힘든 태도잖아. 그런 면에서 초이랑 나랑 닮은 구석도 있고.
고비	사장님이랑요? 어쨌든 그렇게 호감 가는 사람은 아닌데.
박석	아무리 장사가 잘돼도 내 의도를 읽어주는 사람이 없으면 공허해져. 칭찬이든 쓴소리든, 초이는 만든 사람 의도를 헤아리고 글을 쓰는 몇 안 되는 평론가 중 하나야.

때마침 가게 문이 열리며 등장하는 초이허트, 한숨도 못 잔 듯 초췌해 보인다.

박석	양반 되긴 글렀군.
초이허트	아침부터 귀가 가렵더라니.

가방에서 사기 텀블러를 꺼내 고비에게 건네는 초이허트.
그걸 빼앗듯 받아서 여전히 붙어 있는 포스트잇을 보는 박석.
'세 시간 내에 드세요'라고 적혀 있다.
그제야 환하게 웃으며 고비와 눈빛을 교환하는 박석.

고비	마셔봤어요?
초이허트	(손가락을 펴며) 총 세 모금.
	한 번은 그쪽 의도를 파악하려고, 다른 한 번은 처음 맛본 게 의심스러워서.

자기 의도가 뭐였냐고 묻는 듯 쳐다보는 고비의 표정을 보고도 못 본 척하는 초이.

초이허트	콜드브루처럼 추출하고 종이컵은 펄프 맛이 밸까 봐 사기 텀블러를 썼겠지.
	저온 추출에 텀블러에 담아줬다고 하더라도 추출한 지 세 시간 이후부터는 급속히 향과 풍미를 잃기 시작하니까 내가 6시 이후에 커피를 마시든 말든 지 멋대로 세 시간 내에 마시라고 경고 문구까지 써 붙여놨을 테고.
고비	끝이에요?
초이허트	덕분에 한숨도 못 자고 여기로 왔지. 끝.

어깨를 으쓱하는 초이허트의 의도를 읽고 웃는 박석.

박석	마지막 한 모금은?
초이허트	(뜸을 들이다 마지못해) 인조이.
고비	거짓말 못 하시는 거 맞네.
박석	(웃으며) 그냥 아침에 마셔보지, 왜 무리를 했어?
초이허트	(알면서 왜 그러시냐는 듯 한숨을 쉬며) 선배님……

고비를 쳐다보는 박석, 어깨를 으쓱하는 고비.

초이허트	민폐 끼치기 싫어하는 캐릭터라 텀블러 반납하러 온 김에 평가까지 해줄 걸 예상했다는 점에서 나름 치밀한 전략가시더라고.
고비	(어리둥절하며) 저기요, 그건 전혀 예상에 없었는데요.

초이허트	어쨌든 난 이만. 오늘도 돌아야 할 카페가 많아서.
박석	아직도 나쁜 변수 맞나?
초이허트	살짝 수정하겠습니다. 이상한 변수로.

초이허트가 가게 문을 나서려는 순간 입을 여는 박석.

박석	잠깐.
초이허트	이상해, 이상해. 꼭 여기까지 와야만 불러 세운단 말이지. (돌아서며) 왜요?
박석	어제 난동 부렸잖아. 한 달간 출입 정지.
초이허트	선배님, 아직도 그 원칙 고수 중이세요?
박석	누구 때문에 만든 원칙인데?
초이허트	(혼잣말) 한 달 내에 여기 올 일은 없으니까, 평소대로라면……

혼잣말을 하며 인사도 안 하고 가게를 나가버리는 초이허트.

고비	(박석을 보며) 서로 리스펙트만 하는 사이는 아니었네요.

앞서 초이허트와 고비처럼 어깨를 으쓱하는 박석.

91.   2대 커피, 외부 / 아침

밖으로 나와 시계를 보는 초이허트.

초이허트	이상한 변수를 검증하려면 아직 데이터가 많이 필요한데, 출입 정지라……

다시 혼잣말을 하며 2대 커피와 멀어지는 초이허트.

제8화

힙스터

◊

"제대로 만들었으니까 그렇겠지."

92.   건설현장, 외부 / 아침

이른 아침의 건설현장 전경.

93.   2대 커피, 안팎 / 아침

오픈 준비를 하며 가게 앞을 청소 중인 고비.
저 앞에서 걸어오며 통화 중인 박석, 고비를 보더니 손인사를 하고
는 매장으로 들어간다.
꾸벅 인사하고는 매장 앞 청소를 끝내고 안으로 들어가는 고비.

카운터에 선 채로 통화를 하다가 고비가 들어오는 걸 보고 로스팅
실로 들어가는 박석.
잠시 뒤 정장 차림의 30대 남성 김주임이 가게 문을 연다.
김주임 뒤에는 캐주얼 차림의 50대 남성 이성배가 서 있다.

김주임   오픈하신 거예요?
고비   아, 아직이긴 한데, 들어오세요.
김주임   아이고, 감사합니다. (성배를 향해) 반장님, 들어가시죠.

나이 차, 패션, 오가는 기류까지 어색해 보이는 두 사람, 창가 테이
블로 가서 앉는다.

커피숍 분위기도 어색한 듯 매장을 슬쩍 훑어보며 조금 위축된 표정의 성배.

창가 테이블로 이동해 김주임에게 메뉴판을 건네는 고비.

고비 오픈 준비 때문에 조금 부산스러울 수 있는데 괜찮으세요?

김주임 그럼요. (메뉴판을 성배에게 건네며) 저는 필터커피 마실게요.

성배 (메뉴판을 잠시 보다 고비에게 돌려주며) 그냥, 아무거나, 알아서 줘요.

고비 그럼 제가 메뉴 설명을 좀 드려도 될까요?

성배 아, 아니, 됐고, 나도 같은 걸로.

고비 (주춤하며) 네, 그럼 필터커피 두 잔 준비해드릴게요.

고비가 목례하고 카운터로 돌아가자 이야기를 시작하는 김주임과 성배.

김주임 이반장님, 저한테 서운하세요?

성배 에이, 서운하긴. 김주임 잘못한 거 하나 없어.

다만, 내 입장도 좀 생각을 해달라는 거지.

김주임 제 입장요? 아무리 나이 어리고 경험 없다고 건설사 직원 그렇게 함부로 대해도 되는 거예요?

성배 안 되지, 그럼. 근데 김주임도 잘 알잖어. 우리 기공, 나도 어려운 형님이여. 직급만 내가 위지, 모시고 일해야 되는 양반이라고.

필터커피를 내리며 테이블 쪽을 슬쩍 보는 고비, 점점 커지는 두 사람의 제스처.

Cut to: 시간 경과

커피가 이미 나온 상황, 김주임의 커피 잔은 비었는데 성배의 커피는 그대로다.

앞서보다 격해진 감정 상태로 대화를 이어가고 있는 두 사람.

성배	그 양반을 짜르면 나는 뭐가 되냐니까!
김주임	누가 이반장님 나가래요? 그분만 짤라요. 기공이 그 사람뿐이에요?
성배	기공이라고 다 똑같은 기공이여? 그분 도사여, 도사.
	일 하난 끝장나게 잘하는 거, 김주임도 그건 인정하지?
김주임	일이야, 뭐.
성배	그럼 됐어. 나 보고 한 번만 참자.
김주임	이렇게 그냥 굽히고 가는 것처럼 보이면 앞으로도……
성배	(끊으며) 에헤이, 사람 띄엄띄엄하게 보기는. 우리 김주임 모냥 안 빠지게 양념을 살살 쳐야지. 당장 현장 돌아가면 우리 다 짤리게 생겼다고, 형님이 우리 밥줄 책임질 거냐고, 아주 박살을 내버릴겨.

화가 조금 누그러지는 듯 보이는 김주임.
그제야 씩 웃으며 커피 잔을 드는 성배, 한 모금 맛보더니 인상을 쓰고는 내려놓는다.

94.   2대 커피, 내부 / 아침

성배와 김주임이 떠난 자리, 정리를 하다 성배가 그대로 남긴 커피를 보는 고비.
카운터로 갖고 와 개수대에 버리고 설거지를 하는 고비를 쳐다보는 박석.

고비	드립은 아직 멀었나 봐요.
박석	다른 한 분은 다 드셨잖아.
고비	이럴 거면 카페 왜 오시지. 나라면 돈 아까워서라도 마셔보겠다.
박석	메뉴 추천은 해드렸지?
고비	아니요.
박석	추천을 해드려야……
고비	(끊으며) 안 해드린 게 아니라 못 해드렸어요. 싫으시대요.

박석	그럼 어쩔 수 없는 거고.
고비	(박석을 가만히 쳐다보며) 남 일처럼 얘기하시네요.
박석	(머쓱해서) 그런가.
고비	갑자기 오기가 생기네? 다음에 오기만 해봐라.
박석	다시 오실까?
고비	아니요, 죄송합니다. (박석을 보고) 근데 무슨 일 있으세요?
박석	아니? 왜?
고비	뭔가, 좀…… 아니에요. 제가 아침부터 예민해서.

서로 찜찜한 표정으로 각자 일을 하는 두 사람.

95.   거리 / 낮

다음 날. 이른 점심시간, 식당들이 모여 있는 거리.
건설현장 작업복을 입은 채 이쑤시개를 하나씩 물고 먹자골목을
벗어나는 세 사람.
60대 남성 기공 호석, 50대 남성 기공 영만, 그리고 도면과 수첩을
들고 있는 반장 성배다.

영만	성배 형, 우리 어디 가?
성배	커피 한잔 하면서 얘기하기로 했잖어. 다 왔어.
호석	부산까지 가냐? 편의점이 천지삐까린데 빨리 한 캔 따 먹고 한숨 붙여야지.
성배	아우, 얼마 안 멀어요. 저짝으로, 쫌만 더 가면 돼.

눈앞에 2대 커피가 보이자 멈춰 서는 성배.

성배	어때요, 형님. 분위기 있지?
호석	우리 느낌 아닌데?

영만	이러고 들어가긴 좀…… 형, 여기 와본 데야?
성배	인마, 그럼 와보지도 않고 데려왔겠냐.

2대 커피로 향하는 사람들.

96. 2대 커피, 내부 / 낮

점심러시가 시작된 시간의 2대 커피 내부.
주문한 커피를 테이크아웃하려고 바 테이블 주변에서 기다리는 직
장인들.
성배 일행이 가게로 들어오자 이들에게 쏠리는 이목, 바닥엔 흙 자
국이 난다.
바삐 움직이다 이들을 보고 놀라는 고비에게 이번엔 잘해보라는
눈빛을 보내는 박석.

박석	어서 오세요.
성배	(비어 있는 창가 테이블로 이동하며 고비에게) 여기 커피 세 잔.
호석	(테이블에 앉아 눈치를 보며) 여기서 먹자고? 누구 벌주려고 그래?
성배	(자기도 눈치 보면서) 아, 형님도. 이왕 온 거 후딱 털어 마시고 가요.
고비	(메뉴판을 들고 테이블로 다가와) 안녕하세요. 또 오셨네요.
성배	(영만에게) 알아보잖어.
영만	워얼.
고비	(메뉴판을 보여주며) 커피도 종류가 굉장히 많거든요. 취향을 알려주시면……
성배	취향은 무슨. 지난번에 마셨던 거, 그거 세 잔 줘요.
고비	(가보라고 손짓하는 성배 앞에서 말문이 막히며) 필터커피 말씀이시죠?

성배	어, 그거, 그거. (도면을 펼치며 동료들에게) 여기 봐요, 여기. 여기부터 해야 된다고. (관심도 없는 호석을 보고) 형님, 호석 형님? 보고 계세요?
호석	다 아는 걸 왜 또 펼쳐놓는데?
성배	자꾸 자기 쪼대로 몰고 나가지 마시라고요. 내가 형님 때문에 아주 죽었어.
호석	이것 봐. 너 나 벌주려고 여기 온 거지? 딱 기선 제압해놓고 찍소리 못 하게.
성배	그럼 조공 애들 앞에서 이런 말 해요?

바쁜 와중에도 주문을 받고 돌아오는 고비의 표정을 살피는 박석.
고비가 카운터로 돌아오자 내리던 핸드드립까지 마무리한 뒤 머신으로 자리를 옮기는 박석.
박석과 눈빛을 주고받은 뒤 핸드드립을 준비하는 고비.
순식간에 얘기를 마친 뒤 아무 말도 없이 가만히 앉아 있는 세 명의 노동자.

호석	커피 열매 따러 갔나? 뭐 이렇게 오래 걸려?
영만	형, 주문 제대로 한 거 맞지?
성배	영만이 너까지 이러기여?
	(카운터를 향해) 어이, 총각. 우리 멀었어?
고비 (E)	필터커피는 시간이 좀 걸립니다. 거의 다 됐어요.
영만	(갑자기 생각난 듯) 형, 어제 김주임이랑 무슨 얘기 했어요?
호석	그래, 그노무 새끼 얘기는 왜 안 하는데?
성배	나도 가오 좀 잡아야지.
호석	이놈 봐라?
성배	김주임 봤잖아요. 해결했으니까 말 안 했지.
호석	그래서 어떻게 해결했냐고?
성배	뭘 어떻게 해, 이노무 새끼 데려다놓고 아주 그냥 박살을 내버렸지.
영만	어떻게?

성배	호석 형님 없인 우리도 일 못 한다.
	형틀 목수팀은 싹 다 빠질 테니까 빨리 딴사람 알아봐라.
영만	워얼.
호석	성배 니가 형님이다.
성배	반장 자리 화투 쳐서 딴 것도 아니고, 이 정도는 해야죠.

때마침 커피를 들고 오는 고비.

고비	오래 기다리셨습니다.
성배	나는 무슨 한약 다리는 줄 알았네.
호석	(고비를 보고) 이 집 커피 기다리다 몇 죽었겠어.
고비	빨리 드시기엔 아메리카노가 좋은데.
성배	그래, 아메리카노. 이게 그거 아녀?
고비	이건 잘게 간 원두를 필터에 담고 끓인 물을 천천히 부어 만든 커피거든요. 손으로 내린다고 핸드드립이라고도 합니다.
영만	아, 이게 핸드드립이구나.
고비	(영만을 쳐다보는 성배를 보며) 네, 향과 맛이 뛰어난데 시간이 좀 걸리죠.
호석	거 드럽게 복잡하고 까다롭구만.
고비	아메리카노는 기계로 추출한 에스프레소를 물에 섞기만 하면 되니까 더 빨라요.
성배	뭐, 보기엔 다 똑같아 보이긴 하는데.
고비	천천히 드시면서 맛을 한번 음미해보세요.

목례하고 카운터로 돌아가는 고비.

호석	시간 없어. 빨리 털어 넣고 일어들 나자고.
성배	그래요. (털어 넣듯 마시다) 앗 뜨거.
	(커피 잔을 보고) 지난번엔 내 입맛이 써서 쓴 줄 알았드만, 똑같네.
영만	여기 커피 뭔가 좀 다른 거 같은데?

| 성배 | (피식 웃으며) 짜식, 또 아는 척은, 그냥 빨리 비우고 일어나 인마. |

Cut to: 시간 경과
점심러시가 끝난 2대 커피 내부, 성배 일행이 떠난 흔적들이 보인다. 비어 있는 커피 잔 세 개와 성배가 놓고 간 수첩, 그리고 흙 발자국들.
쟁반에 잔과 수첩을 담아 카운터로 가져온 고비를 본 박석.

고비	식사하고 오세요.
박석	오늘은 다 드셨네?
고비	네.
박석	그래도 성에 안 차?
고비	(박석을 보고) 보셨죠? 그게 털어 넣는 거지 마신 거예요? (혼잣말하듯) 갑자기 초이허트 보고 싶어지네. 아냐, 아냐, 이건 또 아니지.

진저리를 치며 창고로 가서 걸레를 꺼내 온 고비, 흙 발자국을 닦는다.
잠시 뒤 창가 쪽에 나타난 성배, 걸레질 중인 고비를 본다.
출입문으로 다가와 문을 열고 고비를 부르는 성배.

성배	어이, 총각.
고비	아, 수첩?
성배	아이고, 여기 있었던겨?
고비	네, 들어오세요.
성배	(손짓으로 재촉을 하며) 좀 갖다줘. 나 바빠.
고비	아, 잠시만요.

대걸레를 든 채로 카운터로 가는 고비, 기분이 썩 유쾌해 보이지 않는다.
카운터 쪽에서 성배와 목례를 주고받는 박석.

대걸레를 세워놓고 수첩을 성배에게 갖다주는 고비.

성배   고마워, 또 올게.
고비   네? 안녕히 가세요.

건성으로 인사하고 다시 카운터로 돌아오는 고비.

고비   (대걸레를 다시 잡으며) 이제 그만 좀 오셔라.
박석   그만 오실까?
고비   자꾸 왜 그러세요, 무섭게?

97.   2대 커피, 안팎 / 낮

다음 날, 점심러시가 끝날 무렵의 2대 커피 전경.
텀블러를 들고 2대 커피를 빠져나와 발걸음을 재촉하는 직장인 두 명.

카운터 주위를 정리 중인 박석과 고비.

고비   식사하고 오세요.
박석   (앞치마를 벗으며) 그래.

때마침 울리는 박석의 전화, 모르는 번호인 듯 전화를 받는 박석.

박석   네, 2대 커피입니다. (사이) 그럼요, 기억하죠. 안녕하세요.
(사이) 저희는 배달은 안 합니다. 네, 배달앱에 입점도 안 돼 있어요.

대수롭지 않게 박석을 쳐다보는 고비.

98.   거리 / 낮

한낮의 거리, 아이스 아메리카노 5개가 담긴 캐리어를 양손에 쥐어 든 고비가 나타난다.
화를 삭이려는 듯 입을 꾹 다물고 거리를 걷는 고비.

99.   건설현장, 외부 / 낮

건설현장 밖에 나와 있던 성배, 저쪽에서 나타난 고비를 보더니 반갑게 손짓한다.
떨떠름하게 꾸벅 인사하는 고비, 무전기를 들고 무전을 넣는 성배.

성배   야, 영만아. 커피 왔다. 형님이랑 애들 데리고 내려와.

         Cut to: 건설현장, 휴게실
         컨테이너로 만든 휴게실 앞에 모여 있는 성배의 팀에게 커피를 돌리는 고비.
         기공 호석, 영만에 비교적 젊은 40대 남성 조공 2명까지 총 5명이다.

조공1   (커피를 받으며) 좀 달달한 거 없어요? 아이스 모카나 캬라멜 라떼 같은 거.
고비   (성배를 보고) 추천을 드리긴 했는데 주문을……
성배   (말을 끊으며 조공1에게) 너 필터커피가 뭔 줄 알아?
조공1   아니요.
성배   이게 필터커피라는 거여. 비싼 만큼 맛과 향도 남달러. 잡숴봐.
고비   (작게) 이거 아메리카논데.

         가만히 있으라는 듯 헛기침을 하는 성배, 분위기를 파악하고 입을 다무는 고비.

성배	고생 많은 우리 형틀 목수팀에 내가 시원하게 쏘는 거니께 부담 없이들 쭈욱 마시고 힘들 내보자고.
조공2	저는 이따 마실게요.
고비	갖고 오는 동안에도 많이 녹아서 지금 드셔야 맛있어요.
조공2	그게 그거지, 그냥 저쪽에 둬요.

컨테이너 안으로 들어가버리는 조공2를 보고 기분이 팍 상하는 고비.

호석	차라리 냉수를 마시지, 이 쓴 걸 왜 돈 주고 사 마시는 거야?
조공1	(넉살 좋게) 그러니까요, 굳이 이런 데 돈 쓰지 마시고 소주나 한 잔 사시지.
영만	(혼자 맛을 음미하며) 이거 필터커피 맞나?

영만을 보고 인상을 쓰는 성배, 떨떠름한 팀원들의 반응에 좀 민망해진다.

고비	저는 가볼게요.
성배	그래, 총각. 다음엔 다양하게 시킬게.
고비	저 총각 아니고 바리스타예요. 그리고 저희 커피숍 배달 안 합니다. 더 이상 시키지 마세요.
성배	삐졌어?
고비	아니요, 화났는데요?
성배	뭐?
호석	쟤 왜 저래?
영만	(분위기를 살피고) 우리 들어가서 좀 쉽시다.

팀원들을 몰고 휴게실로 들어가는 영만.

고비	저는 이제야 점심시간이거든요. 힘들게 일하시는 분들 생각해서 밥도 안 먹고 배달까지 해드린 건데, 이건 좀 아니지 않나요?
성배	사람마다 취향이 다를 수도 있는 거지. 싫은 소리 좀 들었다고, 쪼잔하긴.
고비	취향이 있기나 하세요?
성배	공사판에서 일한다고 지금 사람 무시하는겨? 내가 커피 값 떼먹었어?
고비	돈이 문젭니까? 추천도 안 받아, 메뉴도 속여서 말해, 커피 한 잔에 들인 제 시간과 정성이 무시당해서 이러는 거라고요.
성배	건물 만드는 건? 기초 닦고, 거푸집 세우고, 공구리 치고, 철근 박고, 아무나 와서 하루 반나절만 배우면 할 수 있을 거 같지?
고비	저는 반장님 하시는 일 무시한 적 없는데요.

말하고 돌아서서 가버리는 고비, 기가 차다는 듯 고비를 쳐다보고 있는 성배.

100. 2대 커피, 내부 / 밤

영업이 끝난 2대 커피 내부, 설거지를 하고 있는 고비.
로스팅실에서 퇴근 준비를 마치고 나온 박석, 출입구를 보고 바 테이블에 걸터앉는다.

박석	아직 화 안 풀렸어?
고비	네. 생각할수록 더 화나요.
박석	가지 말라는데도 너가 가겠다고 했잖아. 약 올리는 거 아니니까 오해 말고.
고비	그러니까 더 화나죠. 사람 성의도 몰라주고.
박석	너 혹시, 그분들 동정한 건 아니지?
고비	네? 그게 무슨 말씀이세요?

박석	대기업 회장님이 배달해달라고 해도 그랬을까 싶어서.
	욕을 하면 했지, 배달은 안 갔을 거 같은데.

그제야 마음 한구석에 짚이는 게 있어 아무 말도 하지 못하는 고비.

박석	너 마음속에서 이미 그분들은 다른 손님들과 달랐던 거 아닐까.
	분명 호의였겠지만 동등한 대우는 아니지.
고비	부끄럽네요.
박석	(잠시 생각을 하다가) 반코라고 들어봤어?
고비	이탈리아에서 바 테이블 그렇게 부르잖아요.
박석	어, 2대 커피 바 테이블은 앉을 수 있지만 애초에 구상은 그 반코였어.
고비	서서 후딱 마시고 가는 그런 컨셉이요?
박석	어. 에스프레소 하면 이탈리아지만 잘 만든 커피는 의외로 드문 것도 아나?
고비	그래요?
박석	카페인 함량 많은 싼 생두를 강배전으로 태우듯이 로스팅해서 마시는 거야.
고비	대부분 설탕 타 마신다고는 들었어요.
박석	값싼 원두 결점을 가려주면서 단맛까지 더해지니까. 바쁜 노동자들이 싸고 맛있게 한 잔 털어 마시고 일터로 가기엔 최고지. 분위기는 덤이고.
고비	와, 몰랐네.
박석	(양손을 돌려 바 테이블을 툭 치며) 원래 이 자리는 그런 자리였다고.

가만히 생각에 잠기는 박석, 박석의 의미심장한 말을 곱씹는 고비.
잠시 뒤, 가게 문을 열고 들어오는 40대 남성 엄상호.

고비	죄송한데 저희 영업 끝났거든요.

박석	어, 엄대표 왔어?
상호	형, 잘 지냈어요?
박석	그래, 고비야 인사드려. 커피 하는 내 후배 엄상호. 이쪽은 강고비.
상호	안녕하세요. 말씀 많이 들었습니다.
고비	아, 손님이신 줄 알고. 안녕하세요.
박석	우린 먼저 가볼 테니까. 오늘은 빨리 들어가 쉬어.
고비	네, 내일 뵐게요. 들어가세요.
상호	다음에 커피 한잔 해요.
고비	네, 다음에 뵙겠습니다.

가게에 혼자 남은 고비.

101.   2대 커피, 내부 / 밤

정리를 마친 매장 내부, 바 테이블에 멍하니 앉아 있는 고비.
잠시 뒤 문 열리는 소리가 들린다.
뒤돌아보면 평상복 차림의 성배가 서 있다.

고비	어, 어쩐 일로?
성배	근처서 회식하다 들렀지. 영업 끝난겨?
고비	네, 들어오세요.
성배	옷은 이래도 발은 흙투성이여.
고비	그래서 지난번에도 거기 서서 저 부르셨구나.
성배	(쑥스러운지 대답은 않고) 그냥 사과만 하고 가려고.
고비	(알면서 모른 척) 사과요?
성배	우리 같은 몰골 받아주는 커피숍이 어딨다고, 내가 복에 겨웠지.
	총각, 아니, 그짝…… 바리스타님이 너무 친절해서 실수한겨.
	미안합니다.
고비	저도 사과드리러 가려고 했는데. 들어오세요. 커피 한잔 드릴게요.

성배	빤지르르하게 닦아놨는데 또 일 만드는 거 아닌가 몰러.
고비	청소하는 게 일인 사람입니다. 걱정 말고 들어오세요.
성배	그럼 실례 무릅쓰고.

쭈뼛거리며 가게 안으로 들어오는 성배, 고비의 안내에 따라 바 테이블에 앉는다.

고비	(바로 그라인더로 향하며) 근데 밤에 커피 괜찮으세요?
성배	에헤이, 사람. 우리 일 또 힘들잖어. 커피 열 잔을 마셔도 베개에 머리만 대면 바로 곯아떨어지는겨. 걱정을 말어.
고비	(머신 앞으로 이동해) 잘됐네요. 몇 잔 맛보여드리고 싶은 게 있는데.
성배	몇 잔? 필터커피 말고?
고비	에스프레소요.
성배	그 쪼마난 잔에 먹는 거? (손사래를 치며) 난 그거 보기만 해도 써서, 미안.
고비	(바 테이블에 데미타세 잔을 올리며) 사과하러 오신 거 맞죠?
성배	아따, 빨리도 나오네.
고비	(다시 그라인더로 가며) 우선 젓지 말고 한 모금 드셔보세요. 조금만.
성배	(미심쩍은 듯) 캐릭터가 좀 변한 거 같은데.

데미타세 잔을 입에 가져가는 성배.

성배	쓰진 않고 쌉쌀하네? (입맛을 다시며) 뭐여, 근데 이거 왜 쫀득혀?
고비	(웃으며) 제대로 느끼신 거예요. 제대로 만든 에스프레소는 촉감부터 달라요. (다시 머신 앞으로 이동하며) 이제 스푼으로 잘 저은 뒤에 드셔보세요.

갸우뚱하면서도 고비가 시킨 대로 데미타세 잔을 살살 저어 다시

마시는 성배.

성배   어? 왜 달지?

고비   카페 콘 주케로. 설탕을 넣은 커피라는 뜻이에요. 앞에 붙는 카페
는 에스프레소를 말하는 거라 에스프레소 콘 주케로라고 하셔도
되고요.

성배   커피에 설탕 타 마시면 촌놈 소리 듣는 거 아녔어?

고비   이탈리아 사람들도 촌놈이라 다들 그렇게 마시나 보죠.

성배   (남은 에스프레소를 한입에 털어 넣고는 쿵쿵대며) 이건 또 뭐여?
향긋하네.

고비   설탕이 탄 맛을 가려주기도 하고 원두 개성을 극대화시켜주기도 해
요.

성배   신세계네, 신세계.

고비   저희 사장님 원두 볶는 실력이 워낙 좋으셔서 원두에 탄 맛은 없거
든요. 그래서 설탕이 원두가 가진 과일 향을 더 부각시켜주는 거예
요.

성배   참, 나, 이거 요물이네 요물.

연이어서 데미타세 잔을 내려놓는 고비.

고비   이건 마키아또, 얼룩이란 뜻인데 우유 거품을 넣고 에스프레소를
추출하면 표면에 얼룩이 생긴 것처럼 보인다고 그렇게 불러요.

한입에 털어 넣는 성배.

고비   이건 콘 빠냐, 빠냐가 생크림이라는 뜻입니다.

또 한입에 털어 넣는 성배.
순식간에 성배 앞에 놓인 세 잔의 빈 데미타세.

성배	이거 나 때문에 만든 메뉴여?
고비	원래 저희 가게에서 다 파는 메뉴예요.
성배	진작에 이걸 마시라고 하지. 비싸서 그렇지?
고비	싱글샷 메뉴에 서서 드시고 가면 테이크아웃 할인 적용되니까, 이거 세 잔 합쳐서 7천원?
성배	뭐라고? 편의점에서 파는 고급 캔 커피보다 싸네?
고비	반장님한테 추천할 생각을 못 했는데 어느 분이 힌트를 주셨네요.
성배	뉘신지 몰라도 귀인이시구먼.
고비	근데 신기하다. 의도한 맛을 제대로 느끼시네.
성배	제대로 만들었으니까 그렇겠지. 맛보니까 설명 안 해줘도 대번에 알겠구먼.
고비	감사합니다.
성배	잘 만든 건물도 마찬가지여. 만든 놈이 이러쿵저러쿵 안 해도 그냥 딱 보면 알어. 내가 형틀 목수 밥 먹은 지 20년이 넘었거든.
고비	형틀 목수요?
성배	거푸집 알지? 공구리 치려고 나무 합판으로 뼈대 만드는 거?
고비	아, 그거구나.
성배	공사판에서 굴러먹는 인간들이 말도 행동도 거칠긴 해.
고비	에이, 왜 그러세요.
성배	그런데 말이여. 나는 우리 하는 일을 막노동이라고 부르는 건 도무지 납득이 되질 않더라고.
고비	어감이 좀 그렇죠.
성배	막이 뭐여, 막이. 막 한다는 말 아녀? 그런데 우리가 거푸집 1센치미터만 오차 나게 만들지? 건물 아작 나는겨. 근데 이게 어떻게 막노동이여.
고비	(숙연히 듣고 있다가) 막입도 아니시고요.
성배	(우쭐해서 웃으며) 그런가?
고비	원래 취향이 있으셨던 거였어요.
성배	으이?

가볍게 웃는 고비.

102.   2대 커피, 안팎 / 낮

다음 날 이른 점심시간.
작업복 차림으로 2대 커피 간판을 보고 서있는 성배, 호석, 영만.
비장한 듯 두 사람을 쳐다보는 성배.

성배	형님, 외웠죠?
호석	너 목수 밥 몇 년 먹었냐?
성배	아, 또 꼰대처럼 이러셔. 영만아.
영만	형이나 똑바로 해.

저벅저벅 2대 커피로 향하는 세 사람.
문을 열고 들어가기 일보직전 일행을 멈춰 세우는 성배, 흙 묻은
작업화를 가리킨다.
'아차' 하는 표정으로 각자 주머니에서 비닐봉지를 꺼내 발에 싸
감고 들어가는 일행.

바 테이블에 서 있는 세 사람, 어색함을 최대한 누르고 있다.
주문을 받는 고비를 흐뭇하게 쳐다보는 박석.

고비	뭐 드릴까요?
성배	카페 콘 주케로.
영만	카페 마키아또.
호석	카페 꼰 빠냐.
박석	죄송한데요.
성배	네? 뭐 잘못 말했나?
박석	아니요. 그 비닐봉지…… 안 하고 그냥 들어오셔도 됩니다.

성배   아, 이거요? 에이, 그래도 그건 아니지.

어색하게 웃는 세 사람.

103.   2대 커피, 외부 / 낮

저 멀리서 검은 비닐봉지를 든 미나가 2대 커피 쪽으로 걸어오고
있다.
가게 앞에 데미타세를 들고 서 있는 성배 일행을 발견하자 가만히
멈춰 서는 미나.

미나   (멍하니 쳐다보며) 와, 힙하다. 진짜 힙스터네.

무슨 생각이 들었는지 성배 일행을 향해 다가가는 미나.
수줍게 인사를 하더니 세 사람과 뭐라고 말을 주고받는다.
이내 핸드폰을 꺼내 미나에게 건네는 성배.
성배의 핸드폰으로 데미타세를 들고 포즈를 잡은 세 사람을 찍어
주더니 집으로 향하는 미나.

2대 커피를 배경으로 데미타세를 든 채 어색하게 웃고 있는 성배,
호석, 영만의 스틸 이미지.

제9화

상대적이지만 절대적인

❶

"우리 딸이 추천해주는 거 마셔도 돼요?"

104.　미나의 집, 작업실-거실 / 오전

미나의 집 작업실, 액정 태블릿 신티크 위에 태블릿 펜으로 웹툰 작업 중인 미나.
우주선을 탄 고양이 검둥이가 지구를 그리워하는 내용, 낙서와는 그림체가 확연히 다르다.
잠시 뒤, 밖에서 도어락 비번을 누르고 문을 여는 소리가 들린다.
정신없이 작업에 몰두하고 있다가 행동을 멈추고 바깥 소리에 귀 기울이는 미나.
비닐봉지 부스럭거리는 소리가 들리자 문을 열고 밖으로 나간다.
식료품이 든 종량제 봉투를 들고 집으로 들어서고 있는 50대 여성 수정, 미나의 엄마다.
2인용 식탁 하나가 놓여 있는 거실을 포함한, 반지하 투 룸 구조의 미나 집. 작지만 깔끔하고 아늑하게 꾸며놓았다.

수정　　(신발을 벗고 들어서며) 집에 있었네?
미나　　집이 아니라 작업실인데.
수정　　내가 방해했어?
미나　　아니, 웬일이야? 요즘 자주 오네. (봉지를 받아들며) 이리 줘.
수정　　어, 뭐, 모임도 많고 해서. 아이고, 힘들다.

들어오자마자 식탁 있는 주방으로 가더니 블라인드를 열고 창문을 열어 환기를 시키는 수정.

미나	그럼 들러서 얼굴이나 보고 가지 뭘 자꾸 이렇게 사와. 해먹지도 않을 거.
수정	너보고 시킬까 봐? 엄마가 해주려고 사왔지.
미나	왜?
수정	왜라니?

수정을 보더니 뭔가 말하려다 말고 작업실 문 앞으로 가는 미나.

수정	(냉장고를 열어본 뒤) 안미나, 지난주에 해놓은 반찬이 왜 남아 있어?
미나	먹을 시간이 없어.
수정	그럼 굶어?
미나	가끔?

미나를 쳐다보고 한숨을 쉬는 수정.

수정	냉장고부터 바꾸랬지? 코딱지만 한 걸 냉장고라고.
미나	(한두 번도 아니라는 듯) 나 하던 것 좀 마저 할게. 마감이 코앞이라.
수정	그래.

방문을 닫고 들어가는 미나, 조금 피로해 보이는 얼굴의 수정.
이내 닫힌 작업실 방문이 열리더니 고개를 내밀고 수정을 쳐다보는 미나.

미나	지난주에도 그 옷 입고 오지 않았어?
수정	그런데?
미나	엄마 옷부터 바꿔야겠다.

말하고 다시 방문을 닫고 들어가는 미나, 닫힌 미나의 방문을 쳐다보는 수정.

105.   미나의 집, 작업실-거실 / 낮

다시 태블릿 펜을 잡고 다음 장면을 구상 중인 미나.
조리도구를 꺼내고 음식 만들 준비를 하는 소리가 들리자 헤드폰
을 쓴다.
잠시 뒤, '똑똑똑' 소리가 이어지자 짜증을 누르고 헤드폰을 벗은
뒤 뒤돌아보는 미나.

미나   왜?
수정   (방문을 열고) 밥이 없네. 쌀 어디 뒀어?
미나   쌀? 없는데?
수정   쌀이 없다고?

Cut to: 거실
식탁 앞에 마주 앉은 모녀, 된장찌개에 반찬 두어 가지와 함께 즉
석 밥을 먹고 있다.
밥을 먹으면서 미나를 쳐다보는 수정.

미나   (쳐다보지도 않고) 잘 먹고 다녀. 걱정하지 마.
수정   물어보지도 않았구만. 근데 너, 더 마른 거 아니니?
미나   (펜으로 그림 그리는 시늉을 하며) 운동을 열심히 해서.
         (그제야 수정을 쳐다보며) 엄마도 좀 빠졌나, 요즘 운동 열심히 해?
수정   해야지, 살려면.
미나   오늘은 저녁 모임?
수정   아니, (잠시 망설이다) 내일.
미나   아, 진짜?
수정   오늘은 우리 딸 얼굴 보려고.
미나   아빠랑 또 싸운 건 아니지?

미나를 쳐다보는 수정.

106.   2대 커피, 내부 / 낮

전문가의 기운을 풍기는 30대 손님이 카운터에서 메뉴를 살피다 질문한다.

손님 혹시 파나마 게이샤 원두는 없나요?

고비 네, 저희 카페에서는 취급하지 않는 원두입니다.

손님 아, 그럼 엘 파라이소 리치는요?

박석 스페셜티 전문 카페가 아니라서요. 죄송합니다.

손님 (몰랐다는 듯) 아, 그게 스페셜티 원두였구나. 다음에 올게요.

박석 네, 다음에 들러주세요.

고비 안녕히 가세요.

손님이 나가는 모습을 지켜보는 박석과 고비, 그리고 바 테이블의 주희.

고비 요즘 스페셜티 원두 찾는 손님들이 부쩍 늘었네요.

주희 제3의 물결이 2대 커피까지 밀려오는구나.

고비 주희쌤도 제3의 물결을 아시네?

주희 아실런지 모르겠는데, 제 애인이 커피 하는 사람이거든요.
      (박석을 보고) 첫 번째 물결은 인스턴트 커피, 두 번째 물결은 스타벅스로 대표되는 프랜차이즈 카페와 에스프레소 베리에이션 메뉴들, 그리고 세 번째 물결이 바로, 스페셜티 커피.

박석 제3의 물결 때문에 스페셜티 커피가 생겼단 말인가?

고비 어? 그게 그거 아니었어요?

주희 스승님, 배움이 부족한 제자 약은 그만 올리시고 말씀해주시죠. 어서.

박석 예전에도 스페셜티 커피 명칭은 있었어. 제3의 물결의 핵심은 그 정신이야.

고비 단조롭고 획일화된 프랜차이즈 커피에서 벗어나자, 그 출발은 생두에 있다. 이거 말씀하시는 건가?

박석   공부 열심히 했네.

고비   일하느라 맛보러 다닐 시간은 없으니 글로라도……

박석   생산자와 소비자를 더 끈끈히 연결시키고 싶은 열망이랄까, 커피 한 잔이 만들어지기까지의 이야기를 알려주고 싶은 마음에서 시작한 거지.

고비   나라별로만 구분하다가 재배 환경에 농장 이름까지 속속들이 알려주는 이유가 있었네요.

주희   있어 보이긴 하더라. 자신감도 느껴지고.

박석   이런 태도를 모르는 건지 잊은 건지 단순 유행으로만 접근하는 업계 사람들이 의외로 많다는 건 좀 아쉬워.

주희   비싸니까 팔고, 비싸니까 당연히 맛있겠지 하고 사 마시고. 겉멋 같기도 해.

박석   누가 어떻게 만들고 마시는가에 따라 다르지 않을까?

주희   결론은 또 흐리멍덩하시네요.

박석   고비 생각은?

고비   궁금하기는 한데 아직은 잘 모르겠어요.

아직은 확신이 없는 고비를 쳐다보는 박석.

107.   2대 커피, 외부 / 낮

집을 나와 동네를 걷고 있는 미나와 수정, 마음이 급한지 수정보다 앞서 걷는 미나.

수정   이거면 됐지, 얼마나 더 멋을 부리라고?

미나   맨날 그 옷만 입고 다니잖아. 요즘 모임도 많다며.

수정   그런가? 너 시간도 없는데 옷은 나중에 사러 가자.

미나   엄마가 알아서 돈 쓰고 다니면 내가 이러지도 않지.

수정	말이 나와서 말인데, 너도 옷 좀 제대로 된 거 사 입어야겠다.

앞서가다 멈춰 서서 돌아보는 미나, 놀라서 같이 멈춰 서는 수정.

미나	(저 앞에 보이는 2대 커피를 가리키며) 저기, 내 단골 카페.
수정	옷 사러 가는 거 아니었어?
미나	언젠 또 싫다며? 간만에 같이 커피나 한 잔 마시고 가자.

놀리듯 말하고 피식 웃은 뒤 2대 커피로 향하는 미나와 수정.

108. 2대 커피, 내부 / 낮

2대 커피로 들어서는 미나.

미나	안녕하세요.
고비	오셨어요?
박석	(웃음으로 인사를 대신하고 주희에게) 토론 멤버 한 명 추가.
주희	(돌아보고 반갑게 인사하며) 딱 맞춰 왔네, 빨리 앉아봐.

평소와 달리 바로 들어오지 않고 가게 문 앞에 서 있는 미나를 보고 의아한 세 사람.
바로 이어서 수정이 들어온다.

미나	오늘은 엄마랑 같이 와서.
수정	안녕하세요.

잠깐 놀랐다가 반갑게 인사하는 박석, 고비, 주희.
창가 자리에 마주 보고 앉은 미나와 수정, 주문을 받으려고 대기 중인 고비.

미나	(메뉴판을 보는 수정을 보고) 골랐어?
수정	뭐 마시지?
고비	제가 추천을 해드려도 될까요?
수정	(웃으며) 우리 딸이 추천해주는 거 마셔도 돼요?
미나	엄마는, 부끄럽게.
고비	아, 그럼요. 미나씨가 저보다 더 잘 아세요.
미나	(고비에게) 저희 라떼 두 잔 주실래요? 아이스, 핫 하나씩.
고비	네, 바로 준비해드릴게요.

Cut to: 시간 경과
바 테이블에서 커피를 마시는 미나와 수정을 슬쩍 쳐다보는 박석, 주희, 고비.

고비	미나씨, 엄마랑 오셔서 그런지 되게 어색해하시네.
박석	너 처음 출근했을 때도 그랬어.
고비	(커피 내릴 준비를 하며) 네? 제가요?
주희	(박석을 보고) 눈치가 없긴 없네.
고비	제가 누구 어색하게 만드는 사람이란 생각은 안 해봤는데.
박석	(미나 모녀를 보며) 상황이 그런 거지, 사람이 아니라.
주희	(박석을 따라 미나 모녀를 보며) 맞아. 고비씨만큼 손님 편하게 대하는 사람이 어딨냐. 가끔 사장님 불편하게 한다는 말은 들은 거 같지만.

박석을 쳐다보는 고비, 아니라는 듯 고개를 젓는 박석.

109.   미나의 집, 작업실-거실 / 새벽

불 꺼진 작업실, 방범창 밖으로부터 파란빛이 스민다.
모니터만 환히 밝혀놓고 몽롱한 표정으로 작업 중인 미나, 표정과 달리 빠른 손.
거실 쪽에서 들리는 소리를 의식 못 하던 미나, 문 닫히는 소리가
들리자 펜을 내려놓는다.
방문을 열고 밖을 보면 이미 나가고 없는 수정, 다시 문을 닫고 작
업 의자에 앉는 미나.

미나   산악회인가. 부지런들 하시네.

다시 태블릿 펜을 들고 대사를 써 넣으려다 아이디어를 까먹었는
지 순간 얼음이 되는 미나.
펜을 내려놓고 몸을 의자 등받이에 기댄 채 두 눈을 지그시 감고
심호흡을 한다.

110.   미나의 집, 작업실 / 낮

환하게 밝아진 작업실, 등받이에 기댄 자세 그대로 눈을 감은 채
곤히 자고 있는 미나.

수정 (E)   밥 먹자, 나와.

아무런 대답도 없자 방문을 열고 들어와 미나를 깨우는 수정.

수정   (미나를 흔들며) 미나야, 밥 먹자고.
미나   쫌만 더 잘게.
수정   점심 먹고 자. 해가 중천에 걸렸어.
미나   (화들짝 놀라 일어나며) 뭐라고! 마감, 어떡해!
수정   왜 이래?

바로 핸드폰을 확인하는 미나, '이성찬 PD님' 이름으로 10통 가까

이 남아 있는 부재중 전화.

미나   (전화기를 귀에 대고 수정에게) 잠깐, 잠깐, 나가 있어.

몰아내듯 수정을 내보내고 문을 닫은 미나, 책상에 머리를 박고 죄
인 모드로 통화를 한다.

미나   피디님. (사이) 네.
        (사이) 네, 마무리 대사를 못 쓰고 잠이 들어서요.
        (사이) 좋은 기회 주신 거 알고 있죠.
        (사이) 항상 감사히 생각하고는 있는데…… 죄송해요.
        (사이) 네, 다음 마감은 꼭 맞추겠습니다.

111.   미나의 집, 거실 / 낮

가만히 점심을 먹고 있는 미나의 눈치를 살피는 수정.

수정   미나야.
미나   (보지도 않고) 왜.
수정   엄마 이거 하나만 봐주면 안 돼?
미나   뭐?
수정   (핸드폰을 건네며) 프로필 사진 넣는 걸 모르겠어.

어이없다는 듯 한숨을 쉬는 미나를 쳐다보는 수정.

수정   왜 그래?
미나   아니, 그거 전에 알려줬잖아. 봐봐.
        (휴대폰을 건네받으며) 꽃 사진 잘만 걸어놨구만.
수정   아니, 그거 말고. 그 뒤에 배경 사진.

미나	이것도 똑같은데, 사진은 정해놨어?
수정	너가 보기에 어울리는 걸로 정해줘.
미나	엄마 폰인데 엄마 좋은 걸 해야지. 언제까지 남이 골라주는 걸로……
수정	(말을 끊으며) 너 바쁘다며?
미나	뭐?
수정	전부터 그렇게 하나 그려달라고 그래도 안 그려줬잖아.
미나	그거야, 엄마가 어떤 그림을 원하는지 말을 안 해주니까.

아무 말 없이 사진첩을 열어 배경에 깔 사진을 고르는 미나, 온통 꽃 사진이다.

미나	셀카라도 좀 찍지, 뭔 꽃만 이렇게 찍어대?
수정	예쁘잖아.

사진첩을 훑던 미나, 꽃 사진들 사이에 다른 사진 몇 개를 보고 시선이 멈춘다.
복약 안내문과 각종 알약들을 찍어놓은 사진.

미나	(핸드폰을 엄마에게 보여주며) 이건 뭐야? 엄마 먹는 약?

화들짝 놀라 빼앗듯이 핸드폰을 채가는 수정.

미나	왜 그래?
수정	갑자기 뭔 약 타령인가 해서.
미나	거기 찍어놨잖아.
수정	감기 몸살 약. 요즘 깜박깜박해서 찍어놨지.
미나	몸살? 몸살은 또 왜? 줘봐. 아직 안 바꿨어.
수정	그냥 내가 골라서 말해주는 게 낫겠다. 그치?
미나	그래, 그럼.

다시 숟가락을 들고 대수롭지 않게 밥을 먹는 미나를 쳐다보며 밥을 뜨는 수정.

112.   미나의 집, 작업실-거실 / 낮

다시 열심히 작업 중인 미나.
잠시 뒤 또 '똑똑똑' 하는 소리가 들리자 참지 못하고 외마디 비명을 지른다.

수정   (놀라서 문을 열고 들어오며) 왜 그래? 무슨 일 있어?
미나   (다시 심호흡을 하고 의자를 돌리며) 아니야, 왜?
수정   저녁 뭐 먹고 싶은 거 있어?
미나   집에 가는 거 아니었어?
수정   저녁 해주고 가게. 늦으면 하루 더 자고.
미나   (일어나 머리를 싸쥐며) 엄마, 나 좀 도와주라, 제발. 어?
수정   무슨 말이야?
미나   나 일 좀 하게.
수정   먹고 싶은 거 얘기하는 게 몇 초나 걸린다고.
미나   지금 밥이 중요해?
수정   아무리 바빠도 밥은 먹고 해야지.
미나   일의 흐름이라는 게 있잖아. 그게 지금 엄마 때문에 뚝뚝 끊긴다고!
수정   엄마는 그런 건 잘 몰라서, 그냥 내가 알아서 할게.
미나   아니 누가 밥 해달래? 아, 쫌, 엄마! 나 그냥 가만히 좀 냅두라고!

화를 내는 미나를 가만히 쳐다보는 수정.

수정   그럼 난 뭘 해야 돼?

조용히 문을 닫고 나가는 수정.
아무 말도 없이 가만히 서 있는 미나.

Cut to: 거실
주방 식탁 뒤쪽 창문을 열고 가만히 창밖을 내다보는 수정.

113.   동네 몽타주 / 늦은 오후

미나의 집을 나와 동네를 걷고 있는 수정.
5화에서 미나가 스케치했던 동네 풍경들과 동선이 일부 겹친다.
지나는 길에 꽃이 보이면 본능적으로 핸드폰을 꺼내 드는 수정.
미나의 말이 걸렸는지 어색한 듯 셀카도 한 장씩 찍는다.
공원을 지나다 눈앞에 보이는 2대 커피를 보는 수정.

114.   2대 커피, 내부 / 늦은 오후

출입문을 열고 조심스레 가게 안으로 들어서는 수정.
혼자 나타난 수정을 보고 놀라면서도 반가운 박석과 고비.

고비	어서 오세요.
박석	오늘은 혼자 오셨네요.
수정	네, 미나가 일 때문에 바빠서요.

지난번 방문 때 미나와 앉았던 창가 자리에 가서 앉는 수정, 혼자
와서 더 위축된 느낌이다.
메뉴판을 들고 온 고비.

고비	천천히 보시고, 메뉴 결정하시면 저 불러주세요.

수정	라떼로 주실래요? 아이스로.
고비	네, 바로 준비해드릴게요.

메뉴판을 받아 돌아가려던 고비, 무슨 생각이 났는지 다시 수정에게 말을 건다.

고비	혹시……
수정	네?
고비	미나씨가 자주 마시는 메뉴 고르신 건가 해서요.
수정	(웃으며) 네, 맞아요.
고비	(웃으며) 그럼 자리부터 바꾸셔야겠네요.
수정	네?

Cut to: 시간 경과
조금 어색한 듯 바 테이블에 앉아 있는 수정.
수정의 어색함을 덜어주기 위해 일부러 카운터에서 나와 테이블
쪽을 정리하는 고비.
핸드드립으로 내린 커피를 잔에 담아 수정 앞에 내놓는 박석.

박석	에티오피아 시다모 원두로 만든 필터커피입니다.
수정	감사합니다. (한 모금 맛보고 놀라며) 이거, 꽃향기 맞나요?
박석	네. 밝고 화사한데 결코 가볍지는 않고, 미나씨 캐릭터 같죠?
수정	걔가 그래요?
박석	(웃으며) 실제로 미나씨가 좋아하는 원두이기도 하고요.
수정	애가 많이 예민하죠?
박석	예술가가 예민하지 않아도 이상하죠.
수정	그것도 그러네요. 원래 그랬던 애는 아닌데……
박석	익숙한 것들을 익숙하지 않게 보는 예민함 있잖아요.
	미나씨는 그쪽이라 걱정 안 하셔도 될 거 같은데요.
수정	그래요? (웃으며) 제가 제 딸을 너무 몰라요.

박석	여기선 편하게 머리 식히고 가는 거 같아서 항상 감사한 손님입니다.
	(인사를 하며 카운터에서 나가며) 어머님도 편히, 천천히 머물다 가세요.
수정	어디, 가세요?
박석	저도 좀 쉬려고요.
수정	아, 네.

문 앞에서 서성대는 고비를 데리고 가게 밖으로 나가는 박석.
미나 자리에 앉아 미나가 보던 걸 보려는 마음으로 주변을 둘러보는 수정.
미나가 좋아한다는 필터커피도 맛본다.
가게 문 앞으로 나온 박석과 고비, 약속이나 한 듯 슬쩍 뒤돌아 수정의 뒷모습을 본다.
그리고는 가게 앞 거리를 보다 하늘을 올려다보는 박석, 따라서 하늘을 보는 고비.
늦은 오후 햇살을 받아 빛나는 수정의 뒷모습.

115.   미나의 집, 작업실 / 늦은 오후

늦은 오후의 누런빛이 번지는 미나의 작업실, 작업에 열중하고 있는 미나.
갑자기 뭔 생각이 들었는지 태블릿 펜을 내려놓고 잠시 생각을 하더니 검색 포털을 띄운다.
수정의 핸드폰 사진첩에서 봤던 약통과 복약 안내문을 떠올리며 검색을 돌리는 미나.
잠시 뒤 모니터 화면에 미나가 찾던 약에 대한 설명이 나온 페이지가 뜬다. 알약의 제형에 '유방암' '표적치료제' 등을 보고 망연자실해진 미나.

정신을 차리고 자리에서 벌떡 일어나 수정에게 전화를 건다.
한 번에 전화를 받지 않자 초조함에 이러지도 저러지도 못 하고 자리를 뱅글뱅글 도는 미나.

미나   (전화를 받자) 엄마! 어디야? 집에 갔어? 어디냐고!

소리를 지르더니 작업실 문을 열고 밖으로 뛰쳐나가는 미나.

116.   거리 / 늦은 오후

집을 나와 달리는 미나.
반지하 계단을 뛰어 올라와, 건널목을 건너고, 모퉁이를 돌아, 공원을 지난다.
잠시 뒤 쭉 뻗은 길이 펼쳐지고, 저 멀리 서 있는 수정의 뒷모습이 보인다.
전력 질주로 수정에게 달려가 와락 껴안는 미나, 그제야 누르고 또 눌렀던 감정이 북받친다.

미나   엄마, 엄마······
수정   (깜짝 놀라 뒤돌아서며) 간 떨어지겠네! 얘가 왜 이래?
미나   왜 말을 안 해! 난 아무것도 몰랐잖아. 미안해, 엄마. 진짜 너무 미안해.
수정   (눈치를 채고) 아이고, 눈치는 귀신이네. 내 불찰이다, 내 불찰.
미나   엄마까지 없으면 안 돼. 나 엄마 없이 못 살아, 알지?
수정   얘는, 엄마 괜찮아. 조기발견해서 완치율도 높대.
미나   괜찮긴 뭐가 괜찮아 암인데!

엄마 품에 안겨 엉엉 우는 미나, 미나를 토닥여주며 덩달아 눈시울을 붉히는 수정.

해가 기울고 땅거미가 지기 시작하는 동네 풍경.

117.   미나의 집, 거실 / 저녁

집으로 들어오는 미나와 수정.

미나	와…… 나 진짜 바보다.
수정	(쳐다보며) 왜 그래?
미나	(혼잣말처럼) 새벽에 엄마 병원 간 줄도 모르고 또 등산 가나 보다 한 거야?
수정	어젯밤엔 아빠랑 싸워서 도망 온 줄 알고?
미나	(그제야 수정을 쳐다보고) 그러니까.
수정	내가 아주 잘 속였구만.
미나	엄마, 나 부탁 하나 해도 돼?
수정	뭔데?
미나	엄마 비빔국수, 그거 먹고 싶어.

어이가 없다는 듯 멍하니 미나를 쳐다보는 수정.

미나	힘들지? 그냥 뭐 시켜 먹을까?
수정	엄마한테 밥 해달라면서 이렇게 눈치 보는 딸, 너 밖에 없을걸?
미나	아, 그런가.
수정	좀 시끄러워도 괜찮아?
미나	그럼.
수정	들어가서 작업해. 내가 이번엔 부르나 봐라.
미나	예민해서 죄송합니다.

쑥스러운 듯 말하고 방으로 들어가는 미나, 피식 웃는 수정.

118.   2대 커피, 안팎 / 밤

마감 정리까지 마친 뒤 옷을 갈아입고 박석을 기다리는 고비.
퇴근 준비를 마치고 창고에서 나온 박석, 살짝 망설이다 입을 연다.

박석   배고프지?
고비   이미 적응됐죠. 아직은 괜찮아요.
박석   그럼 커피 한잔 할까?
고비   지금요?

Cut to: 시간 경과
2대 커피 출입문 앞에 의자를 내놓고 앉는 두 사람, 노천카페에 들
른 손님들 같다.
손에 든 아이스커피를 맛보는 고비, 눈이 번쩍 뜨인다.

고비   이거 에티오피아 시다모 맞죠?
박석   맞지.
고비   우와, 끝내주네. 이걸 왜 아이스로 마실 생각을 못 했지?
박석   드립을 아이스로 마시려는 손님이 없으니까.
고비   어? 그것도 그러네요.
박석   (고비를 보며) 스페셜티는 별로야? 아까 대답엔 확신이 없던데.
고비   이런 커피를 마실 수 있는데 굳이 스페셜티에 관심 가질 필요 있을
        까요? 결국은 로스터의 정성과 진심이 중요한 거 같아요.
박석   이거 우리 원두 아니야.
고비   네?
박석   지난번에 왔던 엄상호 대표, 그 친구네서 받아 온 스페셜티 원두야.
고비   뭐라고요? 에티오피아 시다모라면서요?
박석   맞아. 근데 우리 원두는 시다모 G2, 엄대표네 건 시다모 구지 G1.
고비   (웃으며) 왜 또 저를 시험에 들게 하세요?
박석   편견 없이 맛보라고.

고비	이런 게 스페셜티구나 싶네요.
박석	만드는 사람의 재능, 노력, 진정성 이런 거 중요하지.
	그런데 그것만으로는 절대 뛰어넘을 수 없는 차이도 분명 있거든.
	너가 그 차이를 못 느끼면 어쩌나 걱정했는데, 다행이다.
고비	사장님 안 지 얼마 안 되긴 했지만, 매번 헷갈려요.
박석	세상과 담 쌓은 고집불통 꼰대가 가끔씩 예상을 빗나가?
고비	(잠깐 눈치를 보다가) 네.
박석	내 고집 센 건 나도 알아.
	그런데 다른 사람들이 만드는 커피도 궁금해 죽겠거든.
고비	호기심 많은 꼰대?

'허허' 웃는 박석.

고비	죄송합니다, 감사합니다, 더 열심히 하겠습니다.

농담을 던지고 씩 웃으면서도 고민 중인 고비의 표정을 놓치지 않는 박석.

119.　미나의 집, 작업실-거실 / 밤

태블릿 펜을 들고 거침없이 작업 중이던 미나, 다 끝마쳤는지 펜을 내려놓고 기지개를 켠다.
마무리 컴퓨터 작업을 한 뒤 거실로 나가는 미나.
미나가 나오는 걸 보고 그릇에 비빔국수를 덜어 식탁으로 옮기는 수정.

미나	시간 좀 걸렸는데, 나 기다린 거야?
수정	아니, 엄마도 천천히 했지. 먹자, 앉아.
미나	(앉자마자 국수를 먹으며) 전부터 이게 먹고 싶었어.

수정	이제야 좀 내 자식 같네. 많이 먹어.
미나	엄마, 핸드폰 좀 줘봐.
수정	(핸드폰을 건네며) 왜?
미나	프로필 사진 바꿔주려다 말았잖아.

국수를 입에 넣고 우물거리며 핸드폰을 만지더니 금세 수정 앞에
내려놓는 미나.
핸드폰을 들어서 바뀐 사진을 확인하려는 수정.

미나	지금은 밥 먹자. 이따 봐.
수정	그래? 그러지 뭐.
미나	엄마, 나 집으로 들어갈게.
수정	뭐? 안 돼. 오지 마.
미나	왜 이렇게 단호해?
수정	내가 너 이럴까 봐 끝까지 말 안 하려고 한 거야.
미나	끝까지 말 안 했다가 혹시라도 안 좋은 일 생기면?
수정	그럴 일 없어. 엄마 안 죽어. 아니, 나 죽더라도 너는 너 하고 싶은 일 하면서 행복하게 살아. 그게 엄마 소원이야.
미나	자기 소원을 빌어야지 왜 자식 소원을 대신 빈대?
수정	그런가?
미나	그럼 나도 엄마 소원 대신 빌어야지.
수정	뭐라고?
미나	언제 발간될지 모르는 제 단행본 100쇄 찍을 때까지 울 엄마 건강히 살게 해주세요.
수정	그거 빨리 되는 건 아니지?
미나	그 정도면 뭐…… 불사신이 된다고 봐야지.

어처구니가 없다는 듯 미나를 보고 헛웃음을 짓는 수정.

120.   미나의 집, 침실 / 밤

불 꺼진 침실, 침대 위에 누워 곤히 잠든 미나.
잠시 뒤, 화장실 물 내려가는 소리와 손 씻는 소리가 들리더니 화
장실에서 나오는 수정.
미나가 집에서 편하게 입는 옷을 잠옷으로 입고 있다.
방으로 들어와 침대맡에 걸터앉은 수정, 잠든 미나의 얼굴을 보다
조심스레 쓰다듬는다.
그리고 침대 옆에 둔 핸드폰을 들어 켜는 수정, 뭘 보는지 웃으면
서도 눈물이 핑 돈다.
잠시 뒤, 뭔가 타이핑하는 수정.
검은 무지 배경의 카카오톡 상태 메시지 입력 창에 천천히 타이핑
되는 글자. '나를 살게 하는 꽃'.
그리고 확인 버튼을 누르는 수정의 엄지손가락.

'변수정', '나를 살게 하는 꽃'이라는 이름/상태메시지와 함께 미나
가 바꿔준 프로필과 배경 사진이 비로소 모습을 드러낸다.
알약 제형의 항암제와 각종 부작용 치료제를 그린 그림들을 색색
별로 모자이크한 그림.
조금 떨어져서 보면 꽃처럼 보이게끔 만든 그림이 배경 사진으로
깔려 있다.
그리고 프로필에 들어가 있는 미나의 사진, 엄마를 보며 환하게 웃
고 있다.

제10화

새로운 물결

●

"저 거기로 보내시게요?"

121.   2대 커피, 외부 / 오전

〈9화 15신〉의 마지막 장면.

박석   내 고집 센 건 나도 알아. 그런데 다른 사람들이 만드는 커피도 궁금해 죽겠거든.

고비   호기심 많은 꼰대?

'허허' 웃는 박석.

고비   죄송합니다, 감사합니다, 더 열심히 하겠습니다.

농담을 던지고 씩 웃으면서도 고민 중인 고비의 표정을 놓치지 않는 박석.

여기에 바로 이어지는 대화.

박석   내일 출장 좀 다녀와.
고비   출장이요?
박석   엄대표네.
고비   그쪽 원두 받으시게요?
박석   아니?
고비   그럼요?
박석   견학. 그것도 일이야.

| 고비 | 아, 좋죠! |

들뜬 고비의 표정을 보고 다시 씩 웃는 박석.

122. 강남 풍경 몽타주 / 낮

넓고 곧게 뻗은 대로들과 치솟은 건물들의 모습 등, 짧은 강남 풍경 스케치.

123. 맷카페, 외부 / 낮

대로 안쪽에 위치한 주택가 좁은 길, 저 멀리서 고비가 나타난다.
목적지 앞까지 와서는 눈앞에 보이는 건물을 보고 살짝 압도당하는 고비.
심플한 마감의 세련된 독채 건물에 'la marzocco'라는 문구만 쓰여 있는 카페 외관.
테라스엔 잘 차려입은 손님들이 커피를 마시며 대화를 나누고 있다.
두 마리의 사자상이 버티고 있는 카페 입구로 들어가는 고비.

124. 맷카페, 1층 / 낮

매장 내부로 들어온 고비, 카운터 뒤에서 바리스타들과 대화하며 이것저것 챙기고 있던 엄상호 대표와 바로 눈이 마주친다.

상호	(반갑게 맞으며) 고비씨, 어서 와요.
고비	안녕하세요, 대표님.
상호	(고비에게) 이쪽은 우리 카페 수석 바리스타 이승우씨.

승우	(꾸벅 인사하며) 강고비씨죠? 말씀 많이 들었어요.
고비	(꾸벅 인사하며) 네? 제 얘기를요?
승우	저는 박사장님한테 커피 배우러 찾아갔다가 퇴짜 맞은 사람입니다.
상호	(웃으며) 고비씨 노하우 좀 전수해주고 가요.
	(이동하며) 매장부터 둘러보시죠. 1층은 뭐 대충 이렇고, 로스팅실부터.
고비	네.
상호	(웃으며) 멋 좀 부리려다 보니 공간 효율은 떨어지는 감이 있죠?

웃음으로 답하고 슥 훑으면서 엄대표를 따라 엘리베이터 쪽으로 향하는 고비.

125. 맷카페, 로스팅실 / 낮

지하 2층에 위치한 로스팅실 문을 열고 들어서는 상호와 고비.
넓은 공간, 높은 층고, 초대형부터 중소규모 로스팅기까지 다양하게 구비해놓은 로스팅실.
한쪽엔 유리 칸막이로 만든 연구실도 있다.

고비	저는 막연히 2대 커피랑 비슷한 규모일 줄 알았는데.
상호	서로 방향이 달라서 지금까지 친하게 지내는 걸 수도 있어요.
고비	아…… 로스팅은 대표님이 직접 다 하시나요?
상호	(손사래를 치며) 아니요, 로스팅은 미국이랑 콜롬비아 출신 로스터 두 명이 맡고 있고, 저는 그냥 월급 주는 사람.
고비	아, 로스터도 따로 있구나.
상호	컵오브엑셀런스 비롯한 세계대회 심사위원으로도 활동 중이신 분들이라 든든해요.
고비	컵오브엑셀런스요? 장난 아니다.
상호	월급날 돌아오는 게 무서운 거 빼면 판타스틱입니다.

인사를 했으면 좋았을 텐데 오늘 쉬는 날이라.

고비   가게에 있는 1.2kg짜리 로스팅기만 보다 120kg짜리 보니까, 이거,
       뭐……

상호   저는 매번 석이 형 구멍가게 회장님이라고 놀려요. 석이 형은 저
       바리스타 아니라 도매업자라고 놀리고. 이제 지하 1층으로 올라가
       시죠.

로스팅기들에서 눈을 떼지 못한 채 상호를 따라나서는 고비.

126.   2대 커피, 내부 / 낮

고비가 자리를 비운 2대 커피 내부.
주희 혼자 바 테이블에 앉아 있다.
40대 남성 기정과 창가 자리에 앉아 심각한 표정으로 대화를 나누
고 있는 박석.

박석   어머님께서는 나가고 싶을 때까지 쓰라고 하셨거든요.

기정   이제는 제가 건물준데 왜 자꾸 엄마 얘기를 하세요.

박석   기정씨도 아시겠지만, 여기 20년 동안 운영하면서 건물주/세입자
       간에 싫은 소리 한 번 오간 적이 없습니다. 앞으로도 마찬가지일
       거구요.

기정   저라고 모르겠어요?

박석   그런데 왜 갑자기 가게를 빼달라고 하시는 건지……

기정   변화가 필요한 시기니까요. 저는 그 매너리즘이 싫어요.

박석   월세 올리는 것까지 고려하셔서 다시 한번……

기정   (끊으며) 아니, 그게 아니라, 제가 여기서 해보고 싶은 게 있다고요.
       월세 올릴 거면 진작 올렸죠. 남은 기간 영업 잘 하시고, 양해 좀
       해주세요.

무례한 건 아닌데 타협도 없는 기정, 목례하고 나간다.
망연자실한 듯 앉아 있는 박석을 쳐다보는 주희.

주희	오늘 일찍 문 닫고 소주나 한잔 할까?
박석	(쳐다보고 일어나며) 손님들하고 약속이 있는데 그럴 수야 있나.
주희	그래, 그건 박석이 아니지. 내가 땡기나 보다.
박석	사다가 물컵에 따라 마셔, 그건 봐줄게.
주희	지금 농담이 나오세요? 아무리 법대로 하는 거라지만 좀 야속하네.
박석	좋은 건물주 만났다고 아무 대비도 안 한 내 잘못이지.
주희	사람 마음 짠하게 왜 저러실까. 고비씨도 때 맞춰서 엄대표네 보낸 거지?
박석	겸사겸사, 좀 이른 감은 있지만.

127. 맷카페, 지하 1층 / 낮

지하 1층 매장으로 올라온 고비와 상호, 1층과 달리 인공조명을 강조했고 테이블도 많다.
에스프레소 머신이 놓여 있는 카운터에는 바리스타가 없다.
비어 있는 카운터를 보며 말을 잇는 상호.

상호	여기 스테이션은 만들어놓고 인력이 부족해서 운영을 안 하고 있어요.
고비	일하고 싶어하는 바리스타들 많을 거 같은데.
상호	하고 싶다고 아무한테나 맡길 수는 없죠. 그러다 우연찮게 석이 형한테 고비씨 얘기를 들은 거고.
고비	네?
상호	(계단 쪽으로 이동하며) 편한 데 앉아 계세요. 커피 한 잔 만들어 올게요.

상호의 말에 살짝 어리둥절한 고비, 비어 있는 에스프레소 바로 조금 더 가까이 다가간다.
잠시 뒤, 뒤에서 들리는 익숙한 목소리.

초이허트 (E) 여긴 2대 커피 경쟁 상대가 아닌데?

놀라서 뒤돌아보는 고비, 천천히 고비 쪽으로 다가오는 초이허트.

고비 어? 그쪽이 웬일로?
초이허트 커피 평론가가 카페 다니는 데 다른 이유가 있나?
고비 그렇긴 한데⋯⋯
초이허트 동종업계 종사자가 남의 가게 찾아온 이유가 궁금해야지.
그것도 영업시간에, (고비를 슬쩍 훑으며) 그렇게 빼입고.
고비 (쑥스러운 듯) 견학 왔습니다.
초이허트 직접 보니까 탐나지?
고비 글쎄요.
초이허트 솔직하지 못하기는. 2대 커피에서는 꿈도 못 꿀 장비들이다.
고비 2대 커피 와서도 그렇게 말씀하시죠?
초이허트 패기는 좋은데 똑똑하질 못해.
나는 박선배가 아니라 당신한테 말하고 있는 건데?

Cut to: 시간 경과
다양한 연령대의 손님들이 자리를 채우고 있는 지하 1층 홀의 전경.
스테이션과 인접한 소파 좌석에 자리 잡은 고비와 상호, 초이허트.
테이블 위에는 아이스커피 두 잔이 놓여 있다.
커피 잔을 들어 맛을 보려는 고비, 쳐다보고 있는 초이허트가 신경 쓰인다.

고비 (초이허트에게) 꼭 합석을 하셔야겠어요?

초이허트　　합석을 할 수 있으면 하는 게 카페에 대한 예의야.

상호　　　　(고비를 보고 웃으며) 저런 예의, 누구도 지키라고 한 적 없어요.

잔을 들어 맛을 보는 고비, 눈이 번쩍 뜨인다.

상호　　　　엘 파라이소 스트로베리.

　　　　　　콜롬비아 카우카 지역 높은 고도에서 재배된 커피예요.

고비　　　　후미는 산뜻한데 바디감도 딱 적절하고, 근데 이거 딸기 향이, 와.

초이허트　　중미 커피는 아프리카에 비해 개성이 약하기 때문에 실험적인 가

　　　　　　공방식에 관심이 많거든. 신맛 얘기는 안 하나?

고비　　　　신맛 아니고 산미라면서요?

초이허트　　같은 말인 걸 누가 몰라? 지적했을 때 반박 못 하는 사람들이 문제지.

고비　　　　확실히 좀 꼬여 계셔.

　　　　　　어쨌든 산미만 두드러지지도 않고 균형감이 절묘하네요.

초이허트　　맛을 볼 줄은 아네.

상호　　　　스페셜티 커피 때문에 신맛이라는 놀라운 발견을 하게 된 건 사실

　　　　　　이지만 신맛만 강할 거라는 선입견은 좀 억울하기도 하죠.

고비　　　　가격 경쟁력만 있으면 정말 좋을 텐데. 한 잔에 13000원은 좀……

상호　　　　숙련된 농부들조차 실패를 무릅쓰고 실험적인 농법과 가공법을 쓰

　　　　　　기 때문에 개성 강한 생두를 얻을 수 있는 거거든요. 고산병, 풍토

　　　　　　병에 시달리면서도 숨은 보석 같은 농장을 찾아내려는 로스터의

　　　　　　열정도 필수고요. 바리스타는 맨 마지막이죠. 좋은 도구로 정확히

　　　　　　추출해야 그간의 지난한 노고를 좋은 품질의 커피로 보상받을 수

　　　　　　있어요.

초이허트　　그냥 비쌀 수밖에 없다면 될 걸, 말 많네.

상호　　　　(웃으며) 초이한테 말 많단 소리를 들을 줄이야.

초이허트　　비싼 건 알겠고, 이젠 비싼 값어치를 하냐고 묻고 싶겠지.

대뜸 일어나더니 옆자리 나이 지긋한 손님들 자리로 가는 초이허트, 긴장하는 고비와 상호.

잘 차려입고 여유를 즐기던 노인 두 명, 인사를 하고 말을 거는 초
이허트를 놀라서 쳐다본다.

초이허트	저 커피 평론하는 사람인데 뭐 좀 여쭤봐도 될까요?
철상	(손사래를 치며) 우리가 뭘 안다고, 됐어요. 됐어.
주은	철상씨, 그러지 마, 소통해야 돼, 소통.
	(초이를 빤히 쳐다보고) 물어보세요.
초이허트	(부자연스러운 웃음으로 인사를 대신하고) 어르신들 여기 자주 오
	세요?
주은	네, 그럼요.
초이허트	궁금해서 그러는데 드시고 계신 거, 무슨 커핀가요?
철상	그거야 알지. 나는 파나마 게이샤, 주은씨 껀 콜롬비아 뭐였지?
주은	엘 파라이소 리치요. 비싸긴 드럽게 비싼데 이게 입에 맞더라고.
초이허트	어떤 맛이 느껴지세요?
철상	그렇게 물어보면 할 말 없지.
주은	맞아, 우리가 평론가 선생도 아니고. 아무튼 달라요.

다시 꾸벅 인사한 뒤 자리로 돌아오는 초이허트.

초이허트	(고비에게) 봤지?
고비	별 영양가는 없는 대화 같은데.
초이허트	딱 봐도 경제적으로 여유는 있는 분들이야. 그렇다고 있어 보이려
	고 이런 데 와서 플렉스하고 SNS에 자랑할 나잇대도 아니고. 맛을
	섬세하게 분석하지도 못해. 그런데 왜 매번 여기 와서 밥값보다 비
	싼 커피를 마실까.
고비	맛있으니까?
초이허트	정답.
고비	하나 마나 한 소리잖아요.
초이허트	진짜 좋은 건 설명을 요구하지 않아. 직관적으로 몸이 반응하는 거
	라고.

그제야 초이허트의 의도를 파악한 고비.

상호	과찬이십니다.
초이허트	나는 내 할 일을 할 뿐.
	(고비에게 잔을 들어 보여주며) 이것도 내 돈으로 사 마신 거 알지?
상호	(초이허트의 짐 정리를 하며) 나도 내 할 일을 할 뿐이고.
초이허트	왜 이래?
상호	다른 손님들한테 말 걸지 않기로 약속했잖아.
고비	여기도?

128.   맷카페, 외부 / 늦은 오후

건물 밖에 나와 있는 고비와 상호, 그리고 초이허트.

상호	고비씨, 조만간 또 봐요.
고비	네, 안녕히 계세요.
상호	초이허트는 한 달간 오지 말고.
초이허트	오늘은 좀 억울한데. 두 모금밖에 못 마셨는데.
상호	두 달로 연장할까?
초이허트	한 달 뒤에 오지 뭐.

말하고 길을 나서는 초이허트, 본의 아니게 고비도 초이허트를 따라가는 모양새가 된다.

129.   주택가, 골목 / 늦은 오후

맷카페 주변, 한적한 주택가 골목을 걷고 있는 고비와 초이허트.

초이허트	따라온다고 해줄 말은 없어.
고비	바란 적도 없거든요. 조용히 각자 갈 길 가시죠.

그러자 정말 아무 말 없이 걷는 초이허트.
알 듯 모를 듯한 초이허트의 캐릭터에 잠시 뜸을 들이다 결국 먼저 입을 여는 고비.

고비	뭐 하나 물어봅시다.
초이허트	내 앞에서만 스타일 바꾸지 말고. 좀 더 공손하게.

멈춰서 초이허트를 쳐다보는 고비, 쳐다보지도 않고 걷는 초이허트.

고비	(다시 걸으며) 엄대표님네 카페, 그렇게 대단한 겁니까?
초이허트	정말 몰라서 묻는 거?
고비	결국 돈의 힘, 돈의 맛인 거잖아요.
초이허트	돈도 실력이야.
고비	뭐요?
초이허트	내 의견이 아니라, 묻는 거야. 동의하나?
고비	아니요, 전혀.

그제야 멈춰 서서 고비를 쳐다보는 초이허트.

초이허트	그런데 무시하는 이유는?
고비	무시요? 내가요?
초이허트	돈만 있으면 누구든 저 정도는 할 수 있다고 생각하잖아.
고비	(잠시 뜸을 들이다) 솔직히.
초이허트	스페셜티 커피 협회 기준, 몇 점 이상 받아야 스페셜티 커피지?
고비	그쪽이야말로 사람 너무 무시하시네. 80점.
초이허트	(다시 걸으며) 돈도 의욕도 넘쳐서 90점짜리 스페셜티 생두 들여놓고 80점짜리 원두로 로스팅해서 70점짜리 커피로 추출하는 곳

들이 부지기수야.

고비 투뿔 한우 태워서 주고 비싼 돈 그대로 받는 격이네.

초이허트 고깃집이었다면 화를 낼 사람들이 커피숍에선 웃으면서 지갑을 열지.

고비 엄대표님네는 90점짜리 생두로 90점짜리 커피를 만든다는 말이죠?

초이허트 가끔 어씨들이 실수해도 몇 점 깎이지 않는 수준.

고비 2대 커피는 70점짜리 생두로 70점짜리 커피를 만들고?

초이허트 로스팅이랑 추출 거치면서 몇 점이라도 더 올리는 수준.

고비 우리 사장님 대단하시네.

초이허트 그렇다고 중형차가 고급세단이 될 수는 없어.

고비 (곰곰이 생각에 잠긴 채 걷다가) 잘 배웠습니다.

초이허트 어떻게든 빼앗긴 마음 되돌리고 싶은 심정, 이해한다.

고비 또 앞서가시네.

초이허트 아님 말고.

고비의 마음을 간파한 듯 말을 던져놓고도 정작 반응엔 크게 신경 쓰지 않는 초이허트.
대수롭지 않은 척 초이허트의 말을 받아쳐놓고도 머릿속이 복잡한 고비.

130.　　2대 커피, 안팎 / 밤

길을 걸어 2대 커피 앞까지 온 고비, 익숙했던 풍경이 낯설어 보인다.
잠시 멈춰서 2대 커피 전경을 바라보다 가게로 들어가는 고비.

정리가 끝난 가게에서 원두 봉투에 라벨링 작업 중이던 박석, 들어오는 고비를 본다.

고비	다녀왔습니다.
박석	바로 퇴근하지. 왜 돌아왔어?

대답 없이 짐을 풀고 손을 씻은 뒤 박석 옆으로 와서 라벨링 작업을 돕는 고비.
심상찮은 고비의 기색을 감지한 박석, 말없이 일만 한다.
라벨링 작업을 하며 가게 내부를 슥 훑는 고비, 정겨웠던 공간이 왠지 초라해 보인다.

고비	사장님.
박석	어, 말해.
고비	안 궁금하세요?
박석	뭐가?
고비	맷카페, 어땠는지.
박석	(웃으며) 상호 그놈, 또 내 욕 하고 그러지?
고비	저 거기로 보내시게요?
박석	별로였어?
고비	좋았어요. 2대 커피가 초라해 보일 정도로.
박석	다행이네.
고비	이상하다. 여기가 더 좋아야 다행인 거 아닌가.

혼잣말처럼 말하는 고비의 말을 듣고도 대꾸 없이 일을 하는 박석.
작업 중이던 라벨링까지 마친 뒤 자리에서 일어나는 고비.

고비	새로운 경험 하니까 더 열심히 일할 기운이 나더라고요. 내일 뵐게요.

끝까지 말을 아끼던 박석, 퇴근하려는 고비를 보고 입을 뗀다.

박석	엄대표 연락 왔는데, 너랑 일하고 싶대.

고비	그래서요?
박석	며칠 쉬고, 그쪽으로 출근해.
고비	저 자르시려고요?
박석	(뜸을 들이다) 어.

의외로 단순하고 단호한 박석의 대답에 말문이 막힌 고비.

고비	이건, 아닌 거 같은데.
박석	미안하다.
고비	갑자기 왜 그러세요?
박석	계속 생각은 해왔어.
고비	제 월급 부담돼서요? 그럼 상의 먼저 하셔야죠.
박석	그것 때문은 아니고.
고비	그럼요? 배려하시는 건가, 더 좋은 기회 잡으라고?
박석	좋은 기회 같지만, 엄대표네 가고 말고는 너가 결정할 문제지.
고비	그럼 뭔데요?
박석	(잠시 뜸을 들이다) 2대 커피, 원래 해오던 대로 하고 싶다.

한 대 맞은 것처럼 멍해지는 고비.

박석	초이 말이 맞아. 너 온 뒤로 나도 바뀌고 2대 커피도 변했어.
고비	변해봐야 얼마나 변했다고요? 저는 이해가 잘……
박석	20년을 혼자 해온 사람 입장에서는 아주 작은 변화도 크게 느껴지더라고.
고비	변화가 나쁜 거라고 생각하시지 않잖아요.
박석	처음엔 오히려 좋다고 생각했지. 그런데 지금은, 확신이 안 서네.

말을 잇지 못하고 가만히 서 있다가 힘없이 꾸벅 인사하고 가게를 나가는 고비.
고비의 뒷모습을 가만히 쳐다보는 박석.

131.   유흥가 / 밤

네온사인이 밤거리를 환하게 밝히고 있는 유흥가.
아무 생각 없이, 걷고 또 걷는 고비.

132.   실내 포차 / 밤

연거푸 소주를 털어 마시는 박석.
맞은편에 앉아 안쓰럽게 쳐다보며 소주를 따라주고 자기도 따라
마시는 주희.

주희   안주 좀 먹으면서 마셔.
박석   어, 먹고 있어.
주희   석이씨.
박석   어.
주희   꼭 그래야만 되는 거야?
박석   어.
주희   뭐 이렇게 단답형이야. 답답하지도 않냐?
박석   고비만큼 답답하겠냐.

혼잣말처럼 말하고 다시 소주를 털어 마시는 박석, 아무 말 못 하
고 같이 마시는 주희.

133.   2대 커피, 안팎 / 밤

걷고 걸어 다시 2대 커피 앞으로 돌아온 고비.
불 꺼진 가게 외관을 쳐다보고, 유리창 너머 가게 내부를 들여다본
다.

가게 안, 유리창 너머 왔던 길을 되돌아 사라지는 고비를 가만히 지켜보는 2대 커피.

134.   주희 집 앞 / 밤

손을 잡고 밤거리를 걷고 있는 박석과 주희.
취하긴 했어도 멀쩡히 걷고 있는 두 사람, 주희는 계속 박석 눈치를 살핀다.
혼자 생각에 잠긴 채 조용히 웃고만 있는 박석.

주희   아, 왜 웃어? 사람 마음 아프게.
박석   그러게, 왜 웃음이 나오냐.
주희   딱하다, 딱해.
박석   기분 좋다, 기분 좋아.

웃고 있는지 울고 있는지 분간이 안 되는 박석의 표정.

135.   2대 커피, 안팎 / 아침

이른 아침, 퀭한 얼굴로 출근하는 박석.
먼저 와서 가게 밖에 서 있는 고비가 보인다. 2화의 1신과 같은 상황.
하루아침에 데면데면해진 두 사람.

박석   들어가지, 왜 밖에 그러고 있어.
고비   인사드리고 가려고요.
박석   커피 한잔 하고 가.
고비   아니요, 다음에 올게요.
박석   (웃으며) 다음이 있긴 있는 거지?

고비	한동안은 바빠서 못 올 거 같고, 언젠가는.

풀이 죽은 고비를 보고 마음 한구석이 짠한 박석, 하지만 끝까지 내색하지 않는다.

박석	지금까지 고생 많았어. 미안하다.
고비	해드린 것도 없이 얻어만 가서 죄송하네요. 그간 감사했습니다.

박석의 다른 말을 기다리듯 가만히 쳐다보는 고비.
아무 말 없이 그저 가볍게 웃고만 있던 박석, 이윽고 손을 내민다.

고비	(건넨 손을 잡으며) 건강하세요.

고개 숙여 인사한 뒤 천천히 왔던 길을 돌아가는 고비.
가게 안으로 들어와 고비의 뒷모습이 보이는 창가 자리에 앉아 가만히 바라보는 박석.
끝까지 뒤돌아보지 않고 자기 길을 가는 고비.
카운터 뒤쪽에서 박석과 함께 창밖으로 멀어지는 고비의 모습까지 가만히 지켜보는 2대 커피.

제11화

빛과 소음

0

"단지 밤이 길어져…
단지 나는 노래하고 있다."

136.   2대 커피, 외부 / 낮

'정기휴일'이라는 표지판이 붙은 2대 커피 출입문.
근처에서 누군가 연주하는 어쿠스틱 기타 소리가 화면 위로 흐른
다.
일요일 오후의 나른한 분위기와 어울리는 듯 무드를 깨는 즉흥연
주가 뒤섞인 음악.

137.   공원 / 낮

멍한 표정의 박석 얼굴, 그 위로 앞서 연주 소리가 이어진다.
벤치에 앉아 연주 중인 남성 기타리스트를 맞은편 정자에 걸터앉
아 가만히 보고 있는 박석.
잠시 뒤, 작고 낯선 목소리가 음악 안으로 치고 들어온다.

종길 (E)   저기요.

계속 이어지는 연주 소리, 소리 난 쪽을 향해 뒤돌아보는 박석.
남루한 행색의 40대 남성 백종길, 박석이 앉은 정자 끝 쪽에 등을
돌리고 모로 누워 있다.

박석   저요?

종길　　　　　(혼잣말) 시끄럽네. 좀 자고 싶은데.

박석과 연주자 쪽은 쳐다보지도 않고 중얼거리는 종길, 반대로 연주는 점점 흥이 오른다.
안 되겠다는 듯 몸을 돌려 정자 천장을 보고 눕는 종길, 이내 스르륵 일어나더니 옆에 뒀던 커피 캔을 들고는 기타리스트가 앉은 벤치 옆자리에 가서 조용히 앉는다.
전혀 위협적이지 않은 행동에도 누가 바로 옆에 앉자 당황해 연주를 멈추는 기타리스트.

종길　　　　　(쳐다보지도 않고) 뭐가 좀 빠진 거 같은데.
기타리스트　　어떤 거요?
종길　　　　　드럼. 그게 있어야 음악이지.

얘기를 듣더니 갑자기 즉흥연주를 하는 기타리스트.

기타리스트　　무슨 노랜지 아시죠?
종길　　　　　지지탑?
기타리스트　　(짐을 챙기며) 내 노래요. 제목 '꼰대를 위한 블루스'.
종길　　　　　제목은 좋네요.

분위기 파악을 못 하는 종길, 사라지는 기타리스트를 멍하니 보다 커피 캔을 입으로 가져간다.
조금 남은 커피를 털어 마시고는 아쉬운 듯 캔을 뒤집어 입구까지 핥는 종길.
그런 종길을 가만히 쳐다보고 있는 박석.

종길　　　　　왜요?
박석　　　　　커피 한잔 하실래요?

138.   2대 커피, 내부 / 낮

커피 한 잔이 놓인 바 테이블을 사이에 두고 대화를 나누는 박석과
종길.

종길   요즘 애들은 음악 대하는 자세부터가 우리 때랑 달라요.
박석   음악하시나 봐요.
종길   아니요, 안 하는데?

말해놓고 의자를 돌려 창밖을 보는 종길을 쳐다보는 박석.

박석   아까 그분 음악, 저는 좋던데요.
종길   그건 사장님이 음악을 몰라서 그래요.
박석   맞아요. 커피밖에 모르는 사람이라. 커피 맛은 괜찮으세요?

다시 의자를 돌린 뒤 남은 한 방울까지 털어 마시고는 자리에서 일
어서는 종길.

종길   공짜치고는 나쁘지 않네요.
박석   고맙습니다.
종길   수고하세요.

날선 말들을 나른히 내뱉는 화법을 구사하는 종길, 인사를 하고 가
게를 나선다.
조금 아리송한 듯 카운터에 혼자 서 있는 박석.

139.   2대 커피, 안팎 / 낮

창가 자리에 앉아 커피를 마시며 볕을 쬐고 있는 종길.

멍하니 있다가 테이블 위에 펼쳐놓은 학생 노트에 간간이 뭔가 적는다.

전과 같은 옷, 후줄근한 행색에도 그럴싸해 보이는 종길을 보는 박석.

지난번과 마찬가지로 남은 한 방울까지 털어 마신 종길, 주섬주섬 짐을 싼다.

박석이 등을 돌리고 설거지를 하는 틈을 타 슬쩍 일어나더니 출입구로 향하는 종길.

출입구 밖으로 종길이 빠져나옴과 동시에 들리는 박석의 목소리.

박석 (E) 또 오세요.

걸음을 재촉하다 말고 가게 앞에 멈춰 선 종길, 잠깐 생각하다 다시 가게 안으로 들어간다.

종길 (문을 열고 들어서며) 보셨어요?

박석 네.

종길 돈 안 냈는데.

박석 또 오면 그때 내시겠죠.

종길 (없으면서도 호주머니와 가방을 뒤지며) 저, 돈은 있어요.

박석 그럼 커피가 입맛에 좀 안 맞으셨나 보네요.

종길 (잠시 생각을 하다) 맞아요. 네.

박석 그럼 다음에도 내지 마세요. 돈은 커피가 제값 했을 때 받겠습니다.

종길 그러시죠.

말하고 가게를 나서는 종길.

140.　맷카페, 지하 1층 / 낮

맷카페 지하 1층 카운터, 검은 유니폼을 입고 일하는 중인 고비.
고비 옆에서는 수석 바리스타 승우가 카운터 운영에 대해 이것저
것 알려주고 있다.
잠시 뒤 1층에서 내려오는 주희, 미나, 가원을 보고 깜짝 놀라는 고
비.
근무 중인 고비를 배려해 입만 뻥긋거리며 제스처만 크게 해서 반
가움을 표하는 3인방.

고비　　안녕하세요. (입만 크게 벌리고 소리는 작게) 여기까지 어떻게!
승우　　어서 오세요. (고비를 보고 작게) 고비씨 아는 분들?
고비　　(다시 정중하게) 아, 네.

Cut to: 시간 경과
구석 쪽 테이블에 커피 한 잔씩 놓고 앉아 있는 고비, 주희, 미나,
가원.

가원　　인사도 없이 그렇게 가버리면 어떡해요!
고비　　미안해요.
미나　　(매장을 훑으며) 이런 데서 일하면 어때요?
고비　　(진지하게 있다 미나를 보고) 등업한 기분?
주희　　(너무 밝은 고비를 한 번 쳐다보고) 잘 결정했어. 사람이 큰물에서
　　　　놀아야지.
고비　　(웃으며) 사장님은 잘 계시죠?
미나　　사장님 요즘 상태가……
주희　　(말을 끊으며 이어가는) 아주 좋아, 잘 지내서.

주희를 쳐다보는 미나.

| 가원 | 오빠 옆에 석이 아저씨 말고 다른 분 서 있으니까 뭔가…… |
| 주희 | (말을 끊으며 이어가는) 눈이 훨씬 편해지는 느낌? |

주희를 쳐다보는 가원.
카운터 쪽을 신경 쓰느라 대화의 맥락을 제대로 파악하지 못하고
자리에서 일어서는 고비.

고비	자리 오래 비우기가 좀 그래서, 가실 때 꼭 카운터 들르세요.
주희	그래, 일하는 사람 시간 너무 뺏었네.
미나	가세요.

손인사로 대신하는 가원, 웃음으로 답하고 바삐 카운터로 가는 고비.

가원	너무 잘 지내는 거 아냐?
미나	얼굴이 폈네.
주희	얼굴은 원래 폈었거든?

동의하듯 웃으면서도 뭔가 씁쓸한 세 사람.

141. 2대 커피, 내부 / 낮

무표정한 얼굴로 카운터에 서서 일을 하고 있는 박석.
창가 테이블, 검은색 힙합 스타일로 차려입은 후배 석필과 마주 앉
아 있는 종길.

석필	예전에는 멱살 잡고 싸워도 같이 만들어가는 맛이 있었는데, 요즘 애들은 같이 할 줄도 모르고 할 마음도 없고. 안타깝지?
종길	너무 쉽게들 생각하는 거 같아.
석필	죄다 기합들이 빠져서 그렇지.

| 종길 | 석필이 너, 옷은 그렇게 입고 다녀도 스피릿은 여전하다. |

종길을 떠보더니 한숨을 내쉬는 석필.

석필	이 형을 어쩜 좋을까.
종길	왜?
석필	형, 정신 좀 차리자. 언제까지 이러고 살 건데?
종길	이러고 사는 게 뭐?
석필	세상 바뀐 지가 언젠데 드러며 타령만 하고, 아무것도 안 할 거야?
종길	나도 하고 있어. 나름.
석필	뭐 하는데? 말을 말아야지. 그래서 같이 할 거야, 말 거야?
종길	그렇게 입고?
석필	같은 검은색이잖아.
종길	옷부터 좀 줄여 입어. 너 머리는 왜 잘랐어?
석필	형은?
종길	난 안 하잖아.
석필	하고 있다며, 나름?
종길	그만하자. 나 피곤해.
석필	우리 예전에 했던 거, 그냥 소음이야. 지금은 지우고 싶은 과거라고.
종길	(그제야 석필을 쳐다보며) 야, 너 그렇게 말하면 안 돼.
석필	됐다, 됐고. 일어납시다.

때마침 가게로 들어오는 주희, 박석과 눈인사를 하고 바 테이블에
자리를 잡는다.
나가려는 종길을 보고 아는 사람인 듯 갸우뚱하는 주희.

박석	커피는 괜찮으셨나요?
석필	잘 마셨습니다. 너무 맛있네요.
종길	저는 별로.
박석	그럼 별로라고 하신 분 빼고 한 잔 가격 6000원 되겠습니다.

석필	(지갑을 꺼내며) 죄송해요. 원래 이런 사람이 아닌데. 두 잔 계산해 주세요.
종길	내가 낼게.
석필	형이?
종길	왜? 나가 있어. 계산하고 나갈게.
석필	안 그래도 되는데. (종길 눈치를 보고 박석에게 인사하며) 이쪽 지날 일 있을 때 종종 들를게요.

석필이 나가자 바지 주머니에 손을 넣는 종길, 그러더니 신분증을 꺼내 카운터에 올려놓는다.

종길	달아놔주세요.
박석	외상은 안 받습니다.

그러자 전과 마찬가지로 바지 주머니와 가방을 뒤지기 시작하는 종길.
가만히 쳐다보던 박석, 신분증을 자기 쪽으로 당겨 핸드폰으로 사진을 찍는다.

박석	핸드폰 번호도 적어주세요.

심드렁한 표정으로 서 있는 종길을 슥 보고 다시 또 갸우뚱하는 주희.

Cut to: 시간 경과
노트북을 펼쳐놓고 뭔가 열심히 찾아보던 주희.

주희	맞네, 맞아. 백종길.

말하며 노트북을 돌려 박석에게 '데드씨드 백종길' 이미지 검색 결

과를 보여주는 주희.
치렁치렁한 긴 머리와 온통 시꺼먼 가죽옷에 콥스 페인팅까지 한
종길의 이미지들.

박석 (E)	이 사람이 그 사람이라고?
주희 (E)	어, 블랙메탈 밴드 데드씨드 보컬 겸 기타.
박석	(주희를 보고) 이런 음악도 들어?
주희	안 돼?
박석	(다시 화면으로 시선을 옮기며) 지금은 안 하고?
주희	안 하는 게 아니라 못 하는 거야.
박석	왜?
주희	드러머가 교통사고로 죽었거든.

갑자기 말문이 막히는 박석.

142. 2대 커피, 내부 / 낮

다음 날, 창가 자리에 홀로 앉아 있는 종길을 쳐다보는 박석.
커피를 마시고, 창밖을 바라보고, 무언가 끄적거리는 종길의 모습
위로 흐르는 주희의 설명.

주희 (E)	그리고 인디씬에서 완전히 자취를 감췄어.
박석 (E)	새 드러머를 못 구했나.
주희 (E)	안 구한 거야. 자기들이 그렇게 찾아 헤매던 어둠을 향해 한 발 내디뎠는데 더 이상 할 이유가 없다고.

무표정한 종길의 얼굴에서 표정을 읽어보려 애쓰는 박석.
때마침 주희가 가게로 들어온다.
박석과 인사를 하고는 가방을 뒤지더니 CD 한 장을 들고 바로 종

길의 테이블로 가는 주희.

주희   안녕하세요, 잠깐 앉아도 될까요?
종길   아, 저……
주희   데드씨드 백종길씨 맞으시죠?
종길   (놀라서) 네? 그런데요.
주희   (CD를 테이블 위에 올려놓으며) 사인 한 장 해주실래요?
종길   (다시 놀라며) 몇 장 찍지도 않은 걸……
주희   (앉으며) 팬이에요. 김주흽니다.

종길이 CD 커버를 꺼내 사인을 하고 있을 때 펼쳐놓은 노트를 유심히 들여다보는 주희.

주희   시 쓰세요?
종길   (당황해서 노트를 가리며) 아니요, 낙서, 그냥.

주희를 한 번 쳐다보더니 짐을 싸서 일어나는 종길.

박석   오늘도 별로셨나요?
종길   쫌.

꾸벅 인사하고 서둘러 가게를 빠져나가는 종길.
사인 CD를 흔들며 다시 바 테이블로 돌아오는 주희.

143.   공원 / 낮

앞서 등장했던 공원 정자, 세상 편하게 누워서 공원의 풍경을 감상하는 종길.
빛을 받아 반짝거리는 나뭇잎이 바람에 살랑거린다.

다 마신 커피 캔을 뒤집어 핥고는 입맛을 다시는 종길.
잠시 뒤 가방 안에서 울리는 종길의 핸드폰.

종길   (자기 핸드폰 벨소리인 줄도 모르고) 아, 시끄러워.

주변을 두리번거리다 자기 가방을 보고는 가방에서 핸드폰을 꺼내
는 종길.

종길   이게 울리긴 울리는구나.

전화 받아본 게 오랜만인 듯 신기하게 핸드폰을 쳐다보다가 전화
를 받는 종길.

종길   네.

144.   2대 커피, 내부 / 낮

2대 커피로 들어서는 종길, 바 테이블에 있는 주희를 보고 살짝 주
춤한다.
반대쪽 창가 자리에는 잘 차려입은 40대 여성과 초등학생 남자아
이가 앉아 있다.

종길   제가 6000원 떼먹고 도망갈 사람은 아닌데.
박석   저도 장사하는 사람이니까요.
종길   (주희 눈치를 보고) 뭐부터 할까요. 청소? 설거지?
박석   아니요. (주희를 보며) 팬분이 주선한 자리예요.
주희   저기 저 친구, 재능 있는지 한번 봐주실래요?

돌아보면 그제야 아이 뒤에 놓여 있는 어쿠스틱 기타 케이스가 눈

에 들어오는 종길.

Cut to: 시간 경과
9살 태현이의 짤막한 연주.
연주가 끝난 뒤에도 가만히 지켜보고만 있는 종길.

종길	자작곡인가요?
태현	〈조개껍질 묶어〉요.
종길	이 노래가 그 노래였구나.
태현 엄마	어디서 배운 적도 없는데 이 정도면 신동이라고 해서요.
종길	아, 신동.
태현 엄마	맞죠?

여전히 가만히 지켜보고만 있는 종길.

종길	(태현에게) 기타 한 번 쳐볼래요?

엄마를 한 번 쳐다보더니 종길에게 기타를 건네는 태현.
기타를 잡고는 슥 훑은 종길, 무지막지한 속주를 한다.
넋이 나간 듯 멍하니 쳐다보고만 있는 모자, 태현에게 다시 기타를
건네는 종길.

종길	따라 쳐볼래요? 부담 갖지 말고, 편하게.
태현	(엄마를 보고) 엄마……

울음이 터지는 아이.
멀찍이 바 테이블에서 이 상황을 지켜보고 있던 박석과 주희.

주희	(인상을 쓰며) 아, 왜 저래?

자리에서 일어서는 종길, 아이를 달래는 엄마.

태현 엄마	잠깐만요!
종길	네?
태현 엄마	우리 태현이, 맡아주세요.
태현	엄마……

어리둥절해서 쳐다보는 종길.

태현 엄마	인정사정 안 봐줄 선생님을 찾고 있었어요.

멀찍이서 이상하게 돌아가는 상황을 지켜보고 있는 주희와 박석.

주희	아, 왜들 저래?

여전히 덤덤한 종길.

종길	그러시구나.
태현 엄마	대신 혹독하게 밀어붙여주실 수 있을까요? 〈위플래쉬〉, 인생 영화거든요.
종길	(자리에 앉으며) 사모님, 제 얘기 한번 들어보세요.

145.　2대 커피, 내부 / 낮

앉았던 자리 창문 밖으로 보이는 주희와 모자.
연신 고개를 숙이는 주희에게 화를 내며 가게 쪽을 보고 종길에게 삿대질을 하는 아이 엄마.
화를 내거나 말거나 자기 일 아니라는 듯 창밖을 보는 종길.
준비한 커피를 갖고 와 테이블 위에 내려놓는 박석.

박석	코스타리카 따라주 커피입니다.
종길	이제 빚진 건 없는 거죠?
박석	그럼요. 이건 허니 프로세스를 거친 생두를 썼는데요, 은은한 과일 산미에 단맛이 뛰어나고 여운도 깁니다. 천천히 즐기세요.
종길	(기분 나쁜 내색 없이 돌아서는 박석을 잠시 바라보다) 동정하는 거였구나.
박석	(되돌아서서 종길을 쳐다보며) 무슨 말씀이신지.
종길	사장님, 착한 사람 되고 싶죠?

가시 돋친 종길의 말을 가만히 듣고 있다가 맞은편 자리로 가서 앉는 박석, 긴장하는 종길.
2대 커피로 들어온 주희, 화를 누르고 가만히 바 테이블로 가서 박석과 종길의 대화를 듣는다.

박석	중미 커피는 생두 본연의 개성이 약해요. 그런데 그런 약점이 실험적인 생두 가공방식에 더 많은 관심을 갖게 만든 거예요. 허니 프로세스는 그런 관심이 반영된 코스타리카의 생두 가공방식입니다.
종길	그래봐야 커피, 다 거기서 거기죠.
주희	아 진짜 왜 그러신데? 무슨 인간 꽈배기도 아니고.

주희의 도발에도 반응이 없는 종길.
주희에게 괜찮다는 신호를 보낸 뒤 다시 말을 잇는 박석.

박석	맞아요. 허니 프로세스도 남미에서 펄프드 내추럴이라는 이름으로 예전부터 쓰던 가공방식을 가져다 쓴 거니까.
종길	(주희를 보고) 결국 카피잖아요.
	음악도 남의 꺼 카피만 하는 인간들이 제일 싫어요.
박석	그런데 코스타리카 농부들은 따라하는 데 그치지 않고 허니 프로세스의 단계를 세분화했어요. 화이트부터 블랙까지, 맛도 다양하고 부르기도 쉽게. 그리고 지금은, 허니 프로세스라는 명칭과 가공

방식이 하나의 표준이 됐죠.

박석의 의도를 알아채고 멈칫한 종길, 하지만 끝까지 모른 척 냉소로 일관한다.

종길   아까 개한테 했던 거 돌려주시는 거죠? 지식 자랑으로 기죽이면서.

다시 참지 못하고 끼어드는 주희.

주희   말귀 못 알아들으시네.
           그래도 어떻게든 해보자는 말이 애 겁줘서 쫓아내는 거랑 같아요?
종길   사모님 성깔 있으시네요.
주희   사모님 아니고, 단골.
박석   어쨌든 앞으로는 커피 맛이 있든 없든 공짭니다. 편히 들르세요.

다시 일어나 카운터로 향하는 박석, 자존심이 상했는지 지지 않고 맞서는 종길.

종길   SNS에 인증샷 올리고 사연 좀 써드릴까요? 그런 거 바라시는 거죠?
박석   아니요. 지금까지 단 한 번도 동정심으로 커피 드린 적 없어요.
           그런데 이제부터는 그러려고요.
종길   이것 봐. 이제야 본색을 드러내네. 다 똑같다니까.
박석   스스로 포기한 사람은 동정해도 되는 거 아닙니까.

말하고 카운터로 돌아가는 박석, 더 이상 아무 말도 하지 못하는 종길.

146.   공원 / 낮

종길의 아지트 정자, 오늘도 누워 있지만 전만큼 편해 보이지는 않는 종길.
잠시 뒤 누워 있는 종길의 시야로 얼굴을 불쑥 들이미는 사람, 주희다.

종길   (제대로 쳐다보지도 않고) 무슨 일이세요?
주희   (누워 있는 종길 바로 옆에 앉으며) 일 없는데.

불편했는지 심드렁하게 자리에서 일어나 슬금슬금 거리를 벌리고 앉는 종길.

주희   재주가 있으시더라고.
종길   그런 거 없는데.
주희   있어요.
       본인은 저혈압인데 같이 있는 사람을 고혈압으로 만드는 재주.
종길   처음 듣는 얘기는 아니네요.
주희   그냥 해요.
종길   뭘요?
주희   음악.
종길   안 해요.
주희   떠난 친구한테 노래 하나 만들어줄 수 있잖아요.
       그게 진짜 예의 아닌가.

그제야 주희를 쳐다보는 종길.

주희   가사도 다 써놓으셨으면서.

대수롭지 않게 말하고 일어서서 사라지는 주희.

주희의 뒷모습을 멍하니 쳐다보고만 있는 종길.

147.   2대 커피, 내부 / 낮

평소의 평온함과는 달리 착 가라앉은 분위기의 2대 커피 내부.
바 테이블에 앉아 있는 주희, 미나, 가원, 그리고 카운터에 서 있는
박석.
단골 멤버들이 자리를 채우고 있어서 확연히 드러나는 고비의 빈
자리.
혼자 서 있는 박석을 보고 심드렁한 표정으로 시선 교환을 하는 가
원과 미나.

가원   아무리 봐도 뭔가 좀……
미나   어색해, 어색해.

자기들끼리 소곤거리는 가원과 미나에게 그러지 말라고 눈짓을 하
는 주희.
그때 가게 문이 열리고 휠체어를 탄 나이 지긋한 여성 건물주 민사
장이 나타난다.
쭈뼛거리며 휠체어를 밀고 들어오는 사람, 10화에서 등장했던 민
사장의 아들 기정이다.
놀라서 쳐다보는 박석.

박석   민사장님.
민사장 박사장, 잘 못 지냈지?
박석   아니에요, 잘 지내셨죠?
민사장 나야 뭐, 하나 있는 아들 새끼 때문에 제명에 못 살겠어, 아주.
기정   엄마, 나도 나이가 있는데……
민사장 낯살이나 처먹었다는 게!

	(주희, 미나, 가원에게 정중히 인사하며) 아이고, 손님들 계신데 죄송합니다.
주희	(웃으며) 계속 편하게 하세요, 사장님.
민사장	(주희를 보고 웃은 뒤 박석에게) 기정이 이노무 새끼가 뭐랬든 우리 약속은 그대로니까 맛난 커피 오래 만들 생각만 하시라고. (기정을 보고) 뭐 해?
기정	(크게 고개를 숙이며) 죄송합니다. 똑바로 살겠습니다.
박석	(인사로 받으며) 커피 한잔 하셔야죠.
민사장	아쉽지만 다음에. 똥을 하도 많이 싸질러놔서 하루가 짧다, 짧아, 아주.
기정	엄마, 나도 잘해보려고 그런 건데……
민사장	장사 아무나 하는 줄 알아! (주희, 미나, 가원에게 정중히 인사하며) 실례했습니다.

갑자기 버럭 하다 공손해지는 민사장 캐릭터에 어색한 웃음으로 답하는 주희, 미나, 가원.

민사장	(기정에게) 20년 동안 한자리에서 버티고 있으니까 쉬워 보이지? (박석에게) 다음에 봅시다.
박석	살펴 가세요.
단골들	안녕히 가세요.

쭈뼛거리며 인사하고 민사장의 휠체어를 밀고 나가는 기정.
갑자기 활기가 도는 2대 커피.

미나	고비씨, 이거 알아도 안 돌아오겠죠?
주희	문 닫는 줄도 모르고 떠난 사람인데 뭐.
미나	그 정도로 야심가였구나.
주희	(미나를 보고 갸우뚱하며) 그게, 또 그렇게 간단한 문제는 아닐걸.
가원	(박석에게) 아저씨, 고비 오빠한테 연락해볼까요?

박석	안 돼, 하지 마.

단호하게 끊는 박석, 저거 보라는 표정으로 미나를 보는 주희.
그때 가게 문을 열고 어안이 벙벙한 표정의 민사장이 다시 들어온
다.
휠체어를 밀고 있는 사람, 종길이다.
갑작스러운 종길의 등장에 가만히 쳐다보고만 있는 사람들.
휠체어를 몰고 창가 자리 쪽으로 간 종길, 민사장에게 인사를 한
뒤 돌아선다.
어쿠스틱 기타를 메고 있는 종길에게 집중된 이목.

종길	밀린 커피 값, 갚으러 왔습니다.

혼자 상황 파악을 하고 씩 웃는 주희.
뒤늦게 다시 가게로 들어와 창가 자리에 있는 민사장을 보고 의아
한 기정.

기정	엄마, 차 빼놨는데 거기서 뭐 해?
민사장	그냥 와서 앉아!

148.   2대 커피, 내부 / 낮

가게 입구를 막고 앉아 혼자 어쿠스틱 기타를 치며 노래를 부르는
종길.
바 테이블의 박석, 주희, 미나, 가원.
단골 세 사람은 의자를 입구 쪽으로 돌려 앉는다.
민사장과 기정은 창가 자리에 앉아서 공연을 본다.
부산스러운 아들에게 집중하라고 주의를 주고는 음악에 귀 기울이
는 민사장.

핸드폰으로 공연 영상을 찍으면서 보는 가원.
낙서를 하다 점점 공연에 빠져드는 미나.
이번엔 핸드폰으로 찍지 않고 종길의 음악에 심취한 주희.
아마도 주희가 봤을 법한 가사로 담담하게 노래하는 종길.
종길의 음악만큼이나 담담하게 공연을 감상하는 관객들.

설탕 없는 커피도 마시다 보니 좋더라.
왠지 세련된 사람 같더라.
단지 밤이 길어져
혼자 견뎌야 할 외로운
시간 늘었다.

149.   맷카페, 지하 1층 / 낮

카운터 뒤에서 바삐 일하는 고비의 모습 위로 앞 신 종길의 음악이
이어진다.
2대 커피의 박석과 비슷하게 옆자리가 좀 허전해 보이는 고비의
모습.
웃음기 없이 진지한 표정으로 일에 집중하고 있는 고비의 얼굴.

니가 없는 세상도 살아지더라.
많더라. 못 봤으면 아쉬울 날들.
단지 나는 길 위의 구둣발 소리 박자에 맞춰
노래하고 있다.

150.   2대 커피, 내부 / 낮

종길의 음악이 계속 이어지는 가운데 상념이 교차하는 박석의 얼굴.

제12화

달콤쌉싸름한 위로

❶

"사장님, 저 다시 2대 커피 직원 하면 안 돼요?
저 인간 로부스타예요.
아라비카를 돋보이게 하면서도 가능성은 활짝 열려 있는."

151.   계절 변화 몽타주

코로나 바이러스 관련 뉴스 보도와 함께 시간과 계절의 변화를 느끼게 만드는 미나의 일러스트가 이어진다. 뉴스 보도 사운드로 연결되는 보도 영상과 미나의 일러스트 이미지.

코로나 바이러스가 발발했다는 내용의 뉴스 보도.
마스크를 쓴 채 카운터에 서 있는 박석을 그린 미나의 일러스트 위로 보도 내용이 이어진다.

코로나 유행과 함께 확진자와 사망자가 폭증하고 있다는 내용의 뉴스 보도.
여름의 2대 커피 외부, 낮.
출입문에 붙어 있는 공지문 '테이크아웃만 가능, 마스크 미착용 시 출입을 정중히 사양합니다' 일러스트 위로 보도 내용이 이어진다.

코로나 백신 개발 소식에 대한 뉴스 보도.
가을의 2대 커피 내부, 늦은 오후.
창문을 통해 보이는 박석의 뒷모습과 갈색으로 물든 나뭇잎들을 강조한 일러스트 위로 보도 내용이 이어진다.

코로나 백신 접종 시작과 집단면역에 대한 기대가 담긴 뉴스 보도.
겨울의 2대 커피 외부, 밤.

눈 내리는 밤을 밝히고 있는 2대 커피 전경, 마스크를 쓴 채 문 앞에 서서 하늘을 쳐다보고 있는 박석의 일러스트 위로 보도 내용이 이어진다.

마스크를 벗고 다니기 시작한 해외 사례와 함께 집단면역이 이뤄진다 하더라도 벼랑 끝에 내몰린 자영업자들의 상황은 쉽사리 나아질 기미를 보이지 않는다는 뉴스 보도.
봄의 2대 커피 내부, 낮.
바 테이블 위에 놓인 커피 잔 위로 벚꽃 잎이 떠 있는 일러스트가 벚꽃 없는 실제 커피 잔의 모습으로 바뀌며 몽타주가 끝난다.

152.   2대 커피, 내부 / 낮

비로소 마스크를 벗고 카운터에 멍하니 서 있는 박석의 실제 모습. 텅 빈 매장, 홀로 바 테이블에 앉아 커피를 마시며 낙서를 하던 미나, 박석을 쳐다본다.

미나	사장님.
박석	응?
미나	아니에요.

가볍게 웃으며 시선을 거두고 노트에 낙서를 하는 미나를 쳐다보는 박석.

박석	미나씨.
미나	네?
박석	아니다. (다시 미나를 쳐다보고) 이제 이런 실없는 농담도 못 하게 될까 봐?
미나	네. 정말 닫으실 거예요?

박석	좋은 건물주 만나서 그나마 오래 버텼다. 고심 중.
미나	건물주 아드님만 신나겠어요.
박석	(웃으며) 그러게. 이런 날이 올 줄 누가 알았겠어.

각자의 생각에 잠기는 박석과 미나.

153.   부동산, 내부 / 낮

손님 없는 부동산 내부, 한숨만 내쉬며 앉아 있던 남사장.
'위잉' 하며 파리 날아다니는 소리에 파리채를 들고 두리번거린다.
자리에서 일어나 입구 쪽으로 향하다 출입문이 열리자 화들짝 놀
라 인사부터 하는 남사장.

남사장	어서 오세요!

문을 열고 들어오는 사람, 주희다.

주희	남사장님 안녕하세요.
남사장	아이고, 김선생님. 근데 어쩐 일로?
주희	저…… 시세 좀 알아보려고요.
남사장	시세? 김선생 집이요?
주희	네. 요즘 단독은 잘 안 쳐주시나.
남사장	그 집이야, 땅만 해도 얼만데.

반색을 하다 갑자기 뭔가 생각났는지 표정이 바뀌며 핸드폰을 꺼
내는 남사장.

주희	(남사장 표정을 보고) 왜 그러세요?
남사장	(갸우뚱하며) 이제 알 것도 같고. 김선생 들르면 전화 달라던 사람

이 있어서.

전화를 걸더니 상대가 받았는지 대뜸 주희에게 건네는 남사장.
이게 무슨 영문인지 몰라 잠시 주춤하다 남사장이 건넨 핸드폰을
받아 전화를 받는 주희.

주희   여보세요? 서혜지?
          (핸드폰을 귀에서 살짝 뗐다가 다시 가져다 대며) 혜지야, 그게 아
          니라……
          (남사장을 보고 민망하게 웃으며 작게) 죄송해요, 다음에 올게요.
남사장   (입맛을 다시며) 그래요, 살펴 가시고.

핸드폰을 귀에 댄 채로 목례하고 밖으로 나가는 주희, 뒤돌아서 의
자로 돌아가던 남사장.

남사장   (화들짝 놀라 뛰쳐나가며) 핸드폰은 주고 가셔야지!

154.   베이커리 카페, 내부 / 낮

빵 진열대의 빵들을 조금만 남기고 나머지를 박스에 담고 있는 가
원과 김사장.

가원   저녁때 손님 몰려올지도 모르는데.
김사장   하루 이틀도 아니구만, 매일 아쉬워?
가원   그럼요.
김사장   덕분에 좋은 일 하잖아.
가원   해 지기 전에 완판 하던 날이 그립다, 아오.
김사장   (잠시 행동을 멈추고 가만히 생각에 잠기며) 그런 날이 있었나.
가원   신메뉴는 언제 출시하실 거예요?

김사장	신메뉴?
가원	젤라또, 연구 중이시잖아요.
김사장	아직 멀었네요. 그거 단순해 보여도 보통 어려운 게 아니야.

손사래를 치며 다시 하던 일을 하는 김사장을 쳐다보는 가원.

155. 감자탕 집, 내부 / 밤

손님 없는 감자탕 집 내부.
열어뒀던 출입문을 닫으며 가게로 들어와 주방 쪽으로 향하는 황사장.

| 황사장 | 동생, 오늘도 정리하고 일찍 들어가. |
| 주방직원 (E) | 네. |

말하고 나와 손님 테이블에 앉는 황사장, 수심이 깊어 보인다.

156. 2대 커피, 내부 / 낮

바 테이블에 앉아 있는 주희, 미나, 가원.

미나	주희쌤은 괜찮으세요?
주희	내 일이야 뭐, 원래 보호망 없는 분야라 더 힘들고 자시고도 없어.
미나	저도요. 항상 비대면으로 혼자 일하고.
가원	(끼어들며 주희에게) 미나 언니는 2대 커피 얘기한 건데?
미나	아, 맞다.
주희	그 얘기였어? 아직 모르겠네. 2대 커피랑 저 사람을 분리해서 생각해본 적이 없어서.

에스프레소를 내리는 박석을 쳐다보는 주희.
유리잔을 들고 3인방이 있는 바 테이블로 와서 가원 앞에 놓는 박석.

박석	아이스 아메리카노 나왔습니다.
가원	아저씨.
박석	응?
가원	아니에요.
박석	유행이야?

미나와 쳐다보고 씩 웃는 박석.

주희	웃지 마세요. 더 슬퍼 보여.
박석	나 안 슬픈데?
주희	슬퍼, 그냥 슬픈 거야.
미나	비련의 남주인공.
가원	아저씨도 신메뉴 개발 중이세요?
박석	갑자기 왜?
주희	가게를 접을 판에, 그 정도 사리분별은 하시겠지.
가원	우리 사장님이 그러셔서요.
주희	죄송합니다. 김사장님.
박석	요즘 뭐 만드셔?
가원	젤라또요.
박석	젤라또? 좋다.
	그게 단순해 보여도 쫀득한 식감 만드는 게 보통 일은 아닐 텐데.
가원	그래서 그런지 아직 멀었대요.
주희	김사장님 얘기 들으니까 우리 박사장도 뭐 좀 하고 있겠어.

대꾸 없이 웃기만 하는 박석.

주희   뭐지? 저 웃음은?

157.   맷카페, 2층 쇼룸 / 낮

에스프레소 머신들이 전시되어 있는 2층 쇼룸.
긴 테이블 한쪽 끝에 앉아 있는 상호.
2층으로 올라온 고비, 긴장한 표정으로 상호 앞에 가서 목례를 하
고 앉는다.

고비   저, 부르셨다고.
상호   어. 앉아요.

조심스레 자리에 앉는 고비.

상호   이제 손님들이 조금씩 늘고는 있는데 그간 타격이 장난 아니었잖아.
고비   그렇죠.
상호   그래서 말인데……

긴장하며 상호를 쳐다보는 고비.

상호   당분간 여기 떠나서 다른 일을 해보는 건 어때?
고비   그럼, 무급휴직이나 권고사직 같은……
상호   그게 무슨 소리야?
고비   네?
상호   이 와중에 나는 분점 낸다고 정신없잖아.
        원래는 해외 농장 담당자를 새로 뽑으려고 했거든.
고비   아……
상호   지금 매장 운영은 승우씨가 어떻게든 해줄 수 있을 거 같으니까 고
비씨가 해외 농장 쪽을 담당해줄 수 있을까 싶어서.

고비	제가요?
상호	나쁜 기회는 아닌데 산간 오지를 휘젓고 다녀야 돼서 많이 힘들 거라……
고비	아니요, 좋습니다!
상호	그래? 힘들다고 하면 분점 쪽을 부탁해야 하나 싶었는데 잘됐네. 해외여행 결격사유는 없지?
고비	(웃으며) 지금 당장이라도 떠날 수 있습니다.
상호	(웃으며) 젊어서 좋네. 아직 확정은 아니니까 고비씨도 좀 더 생각해봐요.
고비	계속 좋은 기회 주시고, 감사합니다, 대표님.
상호	별말씀을. 시간 뺏었네. 내려가서 일 봐요.

인사를 하고 들뜬 기분으로 돌아서려는 고비에게 다시 말을 거는 상호.

상호	아, 고비씨. 요즘 석이 형이랑 연락해?
고비	아니요.
상호	그렇구나. 요즘 많이 힘든 거 같던데.
고비	따로 연락드린 적은 없어서요.
상호	원체 내색을 안 하는 양반이라 뭐 좀 들은 거 있나 했지. 어쨌든 수고.

인사를 하고 돌아서는 고비의 표정, 마냥 밝지만은 않다.

158.   2대 커피, 내부 / 낮

걱정스러운 표정의 김사장.

김사장	어떠세요?

김사장이 만든 바닐라 젤라또를 시식 중인 박석, 주희.

박석   (스푼을 내려놓고) 좋은데요?
김사장   그래요?
주희   뭐야 이거, 왜 이렇게 맛있어. 진짜 쫀득거리네.
박석   단맛도 깔끔하게 떨어지고. 아포가토 한번 만들어볼까요?
김사장   어? 저도 그 생각 했는데.
주희   그러게? 2대 커피엔 왜 아포가토가 없었지.
박석   괜찮은 젤라또 구하기가 어려우니까.
         (김사장에게) 내일 휴일인데 시간 괜찮으세요?
김사장   네, 저는 괜찮아요.
주희   내일? 왜?
박석   손님들 몇 분 더 초대하려고.
주희   아, 좋네. 그건 그거고, 지금 먹던 거에 에스프레소 한 샷만 넣어주
         세요.
박석   여기에 맞는 원두 로스팅도 해야지.
김사장   젤라또도 아포가토용으로 좀 더 보완을 해볼게요.
주희   (박석과 김사장을 번갈아 보며) 네, 네, 그럼요. 그러셔야죠.

남은 젤라또를 싹싹 긁어먹는 주희.

159.   공원 / 낮

11화에서 종길과 만났던 그 공원 정자에 누워 있는 박석, 옆에 앉
아 있는 주희.

주희   진짜 접을 거야?
박석   이제 그 양반은 안 오네.
주희   누구?

박석	종길씨. 오늘 있으면 불러서 같이 먹으려고 했는데.
주희	잘나가서. (말을 고르며) 잘나가는지는 모르겠고, 열심히 하고 있더라.
박석	다행이네. (주희를 보며) 모르는 게 없단 말이야.
주희	(핸드폰을 들며) 여기서 많은 일이 벌어지거든.
박석	모르는 게 속 편할 때도 있지. (조용한 공원을 보며) 좋다.
주희	근데 왜 대답 안 하는데? 정말 가게 접을 거냐고요?
박석	(일어나 주희를 쳐다보며) 내가 하고 싶다면 계속할 수 있는 건가?
주희	사람 할 말 없게 만드시네.
박석	(일어서며) 2대 커피엔 2대 커피만의 운명이 있겠지. 이제 갑시다.

박석이 내민 손을 잡은 주희, 2대 커피로 향하는 두 사람의 뒷모습.

160.　　2대 커피, 안팎 / 낮

'정기휴일'이라는 표지판이 붙은 2대 커피 출입문.

주희, 미나, 가원이 앉아 있는 바 테이블 뒤편 창가 자리에 황사장, 남사장이 앉아 있다.

| 남사장 | 매일 보는 양반들 같은데 이렇게 모이긴 또 처음이네. |
| 황사장 | 그러게. (카운터 쪽 보며) 두 분 사장님들 덕분에 호강한다. |

에스프레소 머신 뒤쪽에 서서 함께 아포가토를 준비 중이던 박석과 김사장, 웃음으로 답한다.
쨍한 창밖으로 갑자기 비가 쏟아진다.
갑작스런 기상 변화에 창밖으로 시선이 쏠리는 카운터와 창가 자리의 사람들.
주희, 미나, 가원도 의자를 돌려 밖을 쳐다본다.

잠시 동작을 멈추고 퍼붓는 빗줄기를 감상하는 2대 커피 안의 사람들.

멍하니 창밖을 보다 비어 있는 창가 4인석 테이블을 보는 주희.

주희   (미나, 가원에게) 저기 테이블을 붙일까.

고개를 끄덕이는 미나, 가원.

161.   맷카페, 지하 1층 / 낮

바쁘게 일하고 있는 고비, 헛기침 소리에 쳐다보면 초이허트다.
마신 음료를 반납하려고 카운터에 들른 초이허트.

고비   오늘 커피는 어땠어요?
초이허트   (핸드폰을 보며 다짜고짜) 로부스타에 대해 어떻게 생각하나?
고비   뜬금없이 웬 로부스타? 아라비카에 비해 향은 약하고 쓴맛은 강해서 인스턴트 커피에 주로 쓰는 품종이잖아요.
초이허트   거기까진가?
고비   사람 시험하는 버릇을 아직 못 버리셨어. 품질 떨어진다는 말이 많은데 재배, 수확, 가공까지 아라비카만큼 관리를 못 받았으니 당연한 결과죠. 게다가 아라비카랑 달리 병충해에도 강하고 아무 데서나 잘 자라고, 로부스타의 가능성은 무궁무진하다. 됐어요?
초이허트   (그제야 고비를 보고) 로부스타의 가능성을 시험 중인 카페가 있더라고.

초이허트를 쳐다보는 고비.

162.   2대 커피, 내부 / 낮

4인석 테이블을 두 개 붙여서 앉은 사람들, 밖에선 여전히 비가 퍼붓고 있다.
한쪽에는 황사장, 김사장, 미나, 가원 순으로 앉아 있고 다른 한쪽에 남사장, 주희, 박석 순으로 앉아 있다.
박석 옆에 비어 있는 한 자리.
각자 자리 앞에 하나씩 놓여 있는 젤라또와 에스프레소 잔.
항공샷을 찍고 있는 황사장, 주희, 미나, 가원.

남사장   누님까지.
황사장   젊은 척이라도 좀 하게 냅두셔.
박석   (웃으며) 원두커피 하면 아라비카라고 알려져 있는데 사실 에스프레소 블렌드 만들 때 로부스타도 20프로 정도는 섞어요.
가원   왜요?
박석   그래야 서로의 맛을 끌어올려주면서 균형이 맞거든요.
주희   (몸을 뒤로 젖혀 박석 옆의 빈자리를 슬쩍 보며) 누구랑 누구 같네.
미나   오늘 왔으면 좋았을 텐데.

못 들은 척 그저 웃기만 하는 박석.

김사장   제가 만든 젤라또 단맛이랑 풍미를 살리려고 박사장님이 로부스타 비율을 더 높여서 블렌딩해주셨어요.
남사장   그게 뭔 소리래?
박석   아포가토가 '끼얹다'는 뜻이거든요. 그냥 빨리 끼얹어서 드시라고요.

그제야 에스프레소를 젤라또 위에 부어서 맛보는 사람들.
비가 약해지면서 서서히 그치기 시작한다.
굳이 말을 하지 않아도 흐뭇한 표정들.

남사장	아이고, 달달하니 그냥 마음까지 살살 녹네, 녹아.
김사장	따로 먹는 것보다 같이 먹으니까 훨씬 좋다?
미나	수박에 소금 뿌리면 단맛 더 강해지는 그런 거죠?
박석	맞습니다.
황사장	이상하다.
박석	황사장님 입맛엔 별로세요?
황사장	아니. 요즘 많이 힘들었는데, 이거 먹고 있으니까 그냥, 다 잘되겠지 싶어.

황사장을 보고 갑자기 눈물이 핑 도는 주희.

주희	와, 설득력 있다.
미나	주희쌤 우세요?
주희	아, 나 왜 이러지. (눈빛이 촉촉한 미나를 보고) 미나씨도?
미나	카운터에 건물주 아드님 서 있을 거 상상하니까 웃겨서요.
박석	그 옆에 내가 직원으로 같이 서 있는 모습 상상했어?
주희	농담도 독하게 한다. 근데 이제 이거 어디 가서 먹냐고.
박석	(등을 토닥이며) 해드릴 방법은 많으니까……
황사장	이 또한 지나가겠지. 어떻게든 버텨봅시다.
남사장	옳소. 끝날 때까지 끝난 게 아니라고.

그때까지 가만히 아포가토만 음미하며 먹고 있던 가원, 비로소 혼잣말처럼 입을 연다.

가원	달콤하고, 쌉쌀하고, 이게 인생의 맛이지.

갑자기 조용해지며 가원에게 집중되는 시선, 그제야 놀라서 주위를 둘러보는 가원.

주희	가원아, 가원아? 가원이 몇 살?

가원	(일어나 고개를 숙이며) 이제 스무 살 된 정가원입니다.
	물의를 일으켜 죄송합니다.

그제야 웃음소리가 터지며 와자지껄해지는 2대 커피 내부.
언제 비가 왔냐는 듯 비가 그치고 쨍하게 밝은 창문 너머 풍경.

163. 맷카페, 지하 1층 / 낮

고비에게 자기 핸드폰을 보여주고 있는 초이허트.

고비	주희쌤 아직도 SNS 열심히 하시는구나.
초이허트	젤라또가 딱 하나 남았대. 누구 거라고 생각하나?
고비	그거야, 뭐.
초이허트	근데 나는 저런 자리 안 끼지.
고비	네?
초이허트	여럿이 모여서 '하하호호' 친목도모, 이런 거 딱 질색이거든.
고비	그래 보이긴 하세요. 그런데……
초이허트	(끊으며) 어쨌든 여기까지. 6시 되기 전에 몇 군데 더 돌아야 해서.

시계를 보며 사라지는 초이허트.
다시 자기 일을 하던 고비, 무심코 계단 쪽을 보고는 깜짝 놀란다.
그대로 서서 고비를 쳐다보고 있던 초이허트.

고비	깜짝이야, 안 가고 거기서 뭐 해요?
초이허트	그거 아나?
고비	뭐요?
초이허트	당신, 로부스타 같은 거.
고비	내가 생두예요? 사람 면전에 대고.
초이허트	싫음 말고.

다시 또 한 번 고비 반응은 듣지도 않고 자기 말만 하고 사라지는 초이허트.
잠시 고민하던 고비, 카운터 밖으로 나간다.

164.   2대 커피, 외부 / 낮

2대 커피 근처 거리를 달리고 있는 고비.
저 멀리 2대 커피가 있는 곳까지 달려온 고비, 비로소 숨을 고르며 옷매무새를 다듬는다.
태연한 척 2대 커피로 걸어간 고비, 휴일 공지만 붙은 채 닫혀 있는 출입문을 보고 낙심한다.
그때 뒤에서 들리는 목소리, 박석이다.

박석 (E)   야, 오랜만이네.

화들짝 놀라 뒤돌아보고 바로 인사하는 고비.

고비   사장님, 잘 지내셨어요?
박석   나야 뭐, 근데 어쩐 일?
고비   아, 저, 근처 지나다……
박석   그래? 오늘도 일하는 날 아냐?
고비   좀, 일찍 끝났어요. 사장님은 어쩐 일로?
박석   일요일이잖아. 나도 손님 모드.
고비   그렇죠. 그랬네요.
박석   커피 한잔 할까?
고비   좋죠.

뭔가 친근한 듯 데면데면한 두 사람, 2대 커피로 들어간다.

165.   2대 커피, 내부 / 늦은 오후

2대 커피에 처음 왔던 그날 앉았던 자리에 혼자 앉아 있는 고비.
창밖을 쳐다보다 언제나 그렇듯 덤덤하게 커피를 내리는 머신 앞
의 박석을 본다.
에스프레소와 젤라또가 담긴 잔을 받쳐 들고 테이블로 와 고비 앞
에 정중히 내려놓는 박석.

박석   김사장님 젤라또에 맞춰서 만든 로부스타 에스프레소야.
고비   (맞은편에 앉는 박석을 보고) 감사합니다.
박석   오늘의 마지막 한 잔. 운 좋았네.
고비   제가 운이 좀 좋죠. 잘 먹겠습니다.

에스프레소를 젤라또에 붓고 한 스푼 떠서 맛보는 고비, 아무런 표
정도 짓지 않는다.
무표정에 살짝 놀라는 박석.

박석   별로?

아무 대꾸 없이 한 스푼을 더 떠먹은 고비, 두 눈을 질끈 감는다.

고비   못 참겠네.
박석   뭘 참는데?

비로소 환하게 웃으며 눈을 뜨는 고비.

고비   맛있다.
박석   싱겁기는, 어때?
고비   너무 맛있어요.
박석   상호한테 그거 배웠어? 전문가의 언어를 좀 동원해봐.

고비	이 맛이 그리웠어요.
박석	이거 처음 시도한 건데?
고비	무슨 말인지 아시면서.

쑥스러운 듯 아무 말 없이 고비를 슥 쳐다보는 박석.

고비	사장님, 저 다시 2대 커피 직원 하면 안 돼요?
박석	안 돼.
고비	이제는 진짜 사장님한테 도움이 될 수 있을 거 같은데.
박석	글쎄.
고비	저 인간 로부스타예요.
	아라비카를 돋보이게 하면서도 가능성은 활짝 열려 있는.

고비를 가만히 쳐다보는 박석.

166.   2대 커피, 외부 / 늦은 오후

문을 닫고 가게를 나서는 박석과 고비.

박석	오랜만에 반가웠다. 또 와.
고비	또 이러시네. 내일 엄대표님한테 말해요, 말아요?
박석	엄대표네 관두는 건 너 자유, 2대 커피 직원 채용은 내 자유.
	그런데 2대 커피는 채용 계획이 없음. 끝.
고비	너무 단호하시네.

늦은 오후의 햇살을 받으며 2대 커피를 등지고 천천히 걷는 두 사람, 잠시 정적이 생긴다.

박석	엄대표네도 힘들어져서 해고당한 건 아니지?

고비	(정색을 하며) 두 분 친한 사이 맞아요? 사업 확장 준비 중인데.
박석	부럽네. 그럼 사람들이 별론가.
고비	친절, 호의, 배려가 넘치는 분들이시죠.
박석	그럼 나에 대한 동정인가, 왜 괜찮은 직장 관두려는 거야.

우뚝 멈춰 서는 고비.

| 고비 | 그걸 몰라서 물으세요? |

으쓱하며 대꾸 없이 걷는 박석.

| 고비 | (쫓아와 따라잡으며) 솔직히 말씀드릴게요. |

말하라는 듯 쳐다보는 박석과 눈을 마주치지 않고 말하는 고비.

고비	단골들이 많아도 너무 많아요.
박석	못살게 굴어? 갑질하고?
고비	이름을 다 못 외우겠어요.

우뚝 멈춰 서는 박석.

| 박석 | 너 많이 늘었다. |

뒤돌아 천천히 걸으며 박석의 보조를 맞추다 박석이 다가오자 다시 앞을 보고 돌아서는 고비.

고비	이제야 인정해주시는 겁니까?
박석	근데 나는 기억력 안 좋은 직원은 안 쓰려고.

다시 또 우뚝 멈춰 서서 당했다는 표정으로 쳐다보는 고비.

피식 웃으며 앞서가는 박석에게 다시 달려오는 고비, 환하게 웃는
두 사람의 얼굴.

작가의 말

대본집 출간 제안을 받고 무엇보다 부끄러움이 앞섰습니다.
오직 찍기 위해 쓴 글이라 출간은 생각해본 적도 없기 때문입니다.
출간을 염두에 두고 글을 썼다면 뭔가 달라졌을까.
그렇지 않을 거라는 생각이 들었습니다.
그래서 이 책이 세상에 나오게 됐습니다.

대본을 읽으며 대사에 배우들의 목소리가 아닌
독자 개개인의 목소리를 입혀본다면,
늦봄과 초여름을 배경으로 하는 드라마와 달리
가을과 겨울의 2대 커피를 그려본다면,
드라마와는 또 다른 재미를 느낄 수 있을 거라고 생각합니다.

커피 한 잔을 앞에 두고 나누는 소소한 대화를 통해
결코 소소하지 않은 일상의 고민들을 마주 보고
해결해나가는 사람들의 이야기가
독자들의 이야기로 이어질 수 있다면 더할 나위 없겠습니다.

배우들이 전하는 말

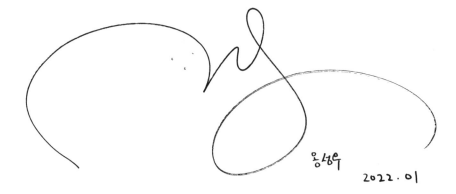

응삭역

2022. 01

'커피 한잔 할까요?'를 통해서

여러분들의 삶에 잔잔한 위로와

향긋한 커피 한잔의 휴식이 되길 바랍니다♡

"잘" 아는 사람은 알지않아도

모르는 사람은 없는 거리 처럼

누구나 다 아는 이야기, 책 이 되길...

한성. 박효신

2022. 01.

응원해준 모든 예쁜 감사한 분들
남겨 봐야 나중엔 하는거 ... 그으 ~ !

감사!!!

2대 거지에는 향기로운 커피 향도 좋지만
더 깊은 사람냄새가 머뭅니다
우리... 커피 한잔 살까요?

2022. 1

이 작품에 등장하는 많은 어른들처럼
어른다운 어른이 될 수 있었으면!

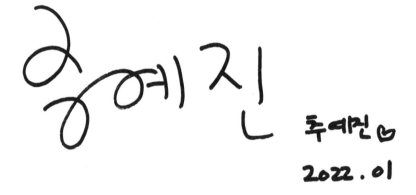

황예진

독이진

2022.01

커피의 향이 번지듯,
커피 한 잔이 주는 여운으로
모두에게 위로가 되었으면 좋겠습니다.

2022. 01

안미나 역 - 김예은

커피 한잔 할까요?

1판 1쇄   2022년 2월 3일

지은이   노정욱
펴낸이   김이선
편집   김이선
디자인   김진영
마케팅   김상만

펴낸곳   (주)엘리
출판등록   2019년 12월 16일 (제2019-000325호)
주소   04043 서울특별시 마포구 양화로 12길 16-9(서교동 북앤빌딩)
✉   ellelit@naver.com
🐦 f ⊙   ellelit2020
전화   (편집) 02 3144 3802 (마케팅) 02 3144 6420
팩스   02 3144 3121

ISBN   979-11-91247-18-3   03810